我在犯罪組織當編劇

裏組織の脚本家

林《リン》庭毅《ティンイー》

明田川聡士・訳

裏組織の脚本家＊もくじ

装画　Blaze Wu

第1章　トラックを駆ける女

1

深夜十一時。居酒屋のカウンターに吊り下げられた大型テレビは、芸能人の熱愛スクープを映し出している。仰々しい報道ぶりは、この世界には他に重要なことなどないかのようだ。芸能人のスキャンダルは、大衆の娯楽ニュースだ。

ときには、毎日の暮らしさえドラマのよう。

「ひどくなるばかりってわかってるのに、みんな何もせず悪くなるのに身を任せてる。それが僕たちの住んでる世界だから」

僕は深夜まで営業している居酒屋のテーブルに寄りかかり、残業でだいぶ遅くなってしまった夕食を食べ終わると、どうしようもなく言った。

台北は西門町の街で夜更かしする外国人観光客を残すだけ。複数のグループで本場グルメを探し回っているようだが、すでに選択肢はそう多くはなかった。一部の観光客は外であたりを見渡すと、「浮木《フームー》」という店名のこの居酒屋にすぐに入ってきた。

店内の様子はふつうの日本風居酒屋とそれほど違いなく、暖色の電球と木目のテーブルや椅子が、古風で飾り気のない装いをこらしていて、あたたかく本格的な雰囲気がかすかに感じられた。

「景城《ジンチョン》、ちょっとずれて。お客さん座れないから、ごめん」

そう言ったのは、居酒屋の店長である呉延岡《ウーイエンガン》。今月ちょうど三十五歳になったばかりで、僕より二つ上、背が高く大柄な男。小さいころから日本に住み、毎日水の代わりに牛乳ばかり飲んで育ったおかげらしい。

彼は新来のお客さんに声をかけ、冷蔵庫のビール瓶を取り出すと、「ポン」と手際よく開けた。グラスのふちに添わせるようにゆっくり注ぐと、黄金色のビールときめ細やかな白泡が黄金比を保ったまま僕の目の前にニュッと現れた。

そのときニュース映像が切り変わった。極道が仇討ちした報道らしい。斬り殺された不良少年は病院に運ばれ、地面に残された真っ赤な血の跡で雑然としている。ニュースキャスターの口調からは軽蔑するような態度が聞こえ、呉延岡はしばらく画面に目を奪われたが、結局自分でビールを注いだ。

「いつも思うけど、人生は酒を注《つ》ぐのに似てる。注ぐ角度が下手だと少しずつバランスが悪くなって、最後にはもうどうしようもなくなる。でも、後から考えると全然たいしたことないさ」

彼はテレビにむかって言った。

僕は何も言わなかった。ただ黙々と冷蔵庫から出されたばかりのビールを飲むだけ。

「ねえ、そう思う?」

「そんなにわかりやすい顔?」笑いながら答えた。

「表情は裏切らないから」彼は続けて大きな口でビールを飲みこみ、聞いてきた。「そうだ。あれから、うまくいってる?」

呉延岡が話しているのは先月僕が異動させられた件だ。

いま僕は台北市内の首都医院に勤めている。ベッド数が二千床はある大規模病院で、院内ではクリニックマネージャーを務めていた。

病院にもマネージャー職があると聞くと、たいていの人は怪訝な顔をするが、僕も変に思われているのだろうか。

でも、病院を一般企業のように見立てれば、不思議でも何でもない。組織の中では常に投資対効果の評価、プロジェクトの推進、自由診療の金額設定などで責任を負わなければいけない者がいる。小さなことならゴミ箱の発注金額、大きなことなら従業員ボーナスの査定まで、すべてはマネージャーが見積りを出さなければならない。

毎回ここまで説明すると、聞いている方は裁量権が大きな仕事だと褒めるけど、でも内部の人間であれば皆知っている。マネージャーという肩書きこそあれ、実際のところは総務管理職にすぎないと。物事の決定権はなく、このポジションは病院の経営幹部と現場職員の板挟みにあうもので、上層部の多くは直接何かを指示したがらず、結局はマネージャーが現場に出向いて話し合わなければならない。

医者が薬を処方する時にも興味深いことが起きる。治療効果が似たり寄ったりでさまざまなメーカーから同じような薬が多く販売されているとする。このとき、経営側は医師に対して利潤率の高い薬を処方するよう指示する。パソコンを使って高利潤の薬剤と低利潤の薬剤のリストをカラフルに色分けしておけば、医師が処方箋を書く際には一目瞭然。自分たちはそれを「色彩管理」と呼ぶけれど。

こうしたやり方は一般企業であれば実に当たり前のことで、組織で生き残るために、当然ながら何としてでも最大の利潤を求めなければならない。利益が出てこそ経営がなりたつのであり、経営を続けることが組織にとって最も重要なことなのだ。

とはいえ、病院は患者を治療する役目を負っているのだから、患者と医院の双方が「ウィンウィン」の関係であれば、これほど理想的なことはない。でも、もし双方が衝突したら、いったいどうなるのだろう？

診療点数の水増しや患者に自費診療を促すのは日常茶飯事。患者が不必要な処置を受けて病状がさらに悪化することもあり、それは本当によくないことだと思う。

とくに病院側と患者側の情報が対等でない場合、ふつう患者は施される治療が必要かどうか知るよしもない。その薬が有害かどうかなど、なおさらのこと。

僕は先月、ある院内レポートで診療点数の水増しや自費診療の押しつけの実態を示す数字がますます度が過ぎてきたことを知った。会議の翌日、なぜかメディアがこの数字を嗅ぎつけて、騒ぎを起こした。

その後、執行部はその責任を僕になすりつけ、僕が事実でないことを現場に伝えたと言いふらし、騒動をようやく鎮めたのだ。

懲戒はすぐに出た。僕は部署を外され、院内向けニュースレターをまとめる仕事が割り当てられたけれど、仕事場は地下二階。遺体安置室のすぐ隣だった。

僕はビールを一気に飲み干し、ひんやりとした感じが前頭部を直撃すると、笑いながら言った。

「もう自分だってどう考えればいいかわからないんだから。かかってくる電話は極端に減って、腹の虫がおさまらないときには、隣の部屋にご遺体がどれだけ並んでいるのか想像して、どうにか我慢してるけど」

「それ、ほんとそう。生きてさえいれば、食べたり飲んだりできるのに。放っておきな」呉延岡は僕のビールを注ぎ切り、勢いに乗ったままグラスを合わせてきた。「さあ、乾杯《カンペイ》！」

「乾杯！」

「前にネットで書いた小説を読んだことがあるよ。うまく書けてるね。私はね、ああいうホームレスを惨殺する変人のことが大好きで。当然のなれの果てもいい」

彼は小皿を片付けながら振り返って言った。

「それならよかった」

僕は軽く微笑んだ。夜もだいぶ更けた。そろそろ帰宅しなくてはと思い、立ち上がりながら言った。「仕方ない。現実が残酷すぎるときは、素晴らしい世界があることを想像するしかないから」

「そうだね、なんだかんだ言っても食べていかなきゃいけないしね」

「帰ります。じゃあ」

深夜の台北の街角。この時間にはＭＲＴの終電も終わり、車を呼ぼうかそれとも家まで歩いて帰ろうかと迷ってしまう。

このとき、別の一組が居酒屋から出てきたところだった。酒臭くて、真っ赤な顔を腫らした中年男性が歩きながら大声を出していた。大きな笑い声が、僕の注意を引いた。

少しして、男はふらふらしながら店の前に停めていた銀色の外車まで近づき、キーをがさがさと取り出してドアを開けた。助手席には五歳くらいの女の子がぐっすりと眠っているのが見えた。おそらく女の子はこのろくでなしの酔っ払い親父を長いあいだ待っていたのだろう。

僕は歩いて帰ろうと決めていたけれど、女の子の熟睡した寝顔と、父親の泥酔した真っ赤な顔が交互に映し出され、頭の中にはまもなく悲惨な交通事故が起きる様子まで浮かんできた。

そこで僕はスマホを取り出した。電話をかけた後、そうっと車のそばまで近寄った。運転席の窓を軽く叩き、スマホの真っ白な光を酔っ払った父親の目に当てると、彼は不満げな顔つきをした。

「何だよ？」

中年男は完全に酔っ払っていて、腕を窓の外まで伸ばして僕の胸倉をつかんだ。

「失礼します、検問です。ご協力お願いします」僕は声を抑えて、しずかに言った。

中年男の顔はサッと青くなり、慌てて言った。「いやいや、車中の物を取ろうとしていただけだ。運転なんかしてない！」

「そうでしたか。それは失礼しました。身分証を提示してください」

「はいはい……」

男はいらつきながらビジネスバッグの中を荒々しく探し、酔いのためか緊張のためか鞄の中身をすべてひっくり返して、ようやく探し出した。「すみません、お巡りさん」

そのときだった。後ろから二台の白バイが角を曲がって路地に入り、僕たちの方へむかって走ってきた。

電話をかけたのは僕だ。

女の子はゆっくりと目を開け、大きな瞳でこちらを見つめた。

「大丈夫。いい子だから寝ていて」

僕は彼女に微笑むと、続けて後ろの警官にむかって手招きをした。

目の前の光景と以前自分で書いたことのある話の展開が重なった。あの晩も、この父親のように泥酔しきった男だった。

自分の物語にも、同じような酔っぱらいがいた。

ときどき錯覚を起こしてしまう。物語であれ現実であれ、それほど大差ない。

僕の名前は何景城《ホージンチョン》。真夜中に闇の組織で台本を書いている。

2

僕らの分業はとても細かい。

今すでにはっきりしているのは、舞台監督、プロデューサー、脚本担当、カメラマン、そして美術担当だ。一見したところ、ふつうの劇団と何も変わらない。でも実際の仕事内容を知れば、名前が似ているだけで、やることはまったく異なるとわかるだろう。

この組織には、ワラビという名前がついている。もっぱら陰で、こっそりと表に出ないようなこと、あるいは法律上認められないようなことをするからだ。たとえば人にかわって財産を強奪したり、知られてはいけない情報を流したり。ときには、世間では法律で裁けないような悪人を成敗したりもする。暗闇に生えるシダ類のように、目立たず、ゆっくりと伸び、チャンスをうかがう。

簡単に言えば、非合法的な闇組織。

それぞれの担当が自分の仕事につき、まるで精密にかみ合う機械のように、歯車が一つひとつ、音を立てずに、人目につかずに真っ暗闇の中で静かに光の見えない、もう一つの歯車を動かす。

でも、ワラビの一番怪しい仕事は、誰かに代わり人生をリセットさせることだろう。

一年ほど前、僕はまだワラビについて何も知らなかった。

あの日の晩、病院の会議を終えて、職場を出ようとした時には、すでに夜の十時をまわっていた。背後の白い巨塔は光の絨毯で、さらに白く見えた。冷酷なひんやりとした白さだ。

僕はＭＲＴレッドラインの一番後ろの車両に乗り、硬いプラスチックの座席でほんのわずかだが疲れた体をほぐした。毎回頭の中で刺々しい仕事の内容ばかり考えていると、ふと妙な考えがよぎった。もしも自分がこのまま死んでしまったとしても、世界に何の変化も訪れないだろうと。

明日太陽が昇ったころ、病院事務局の課長が時間ぎりぎりに事務室に飛び込んでくる。そして、これまでずっと遅刻することなどなかった事務局長が出勤していないことに気づき、僕に電話を入れるが誰も出ない。そうするとあらかじめ準備していた別のシナリオが動き出す。書きかけのファイルはすべてクラウド上に保存され、それぞれの評価がめいめい行われていく。次々と他部署の課長にも応援をもとめ、はじめは不平たらたらだったかもしれないけれど、三日もたたないうちに、完璧をもとめる巨大な組織が自然とその穴を埋めていく。自分がいないことは組織の中でさほど困らず、その後に再度、姿を現したりしたら、逆に組織にとっては面倒なことになる。

僕はこのように考えると、思わず笑ってしまい、余人をもって代え難い人などいないのだと思った。

幼い頃の実家は許静織《シュージンジー》が住んでいた家の近くで、駅を出てから、歩いて十分で着くような距離だった。

静織は僕のガールフレンドで、昔から住んでいた家が近かったはずだが、大学にあがってからの合コンでようやく知り合いになったのだ。

その日は太陽が頭のうえから照りつける七月で、ホールのエアコンが灼熱の屋外の暑さを一瞬のうちに遮ってくれた。女の子は真っ黒なロングヘアで、淡いブルーのノースリーブワンピースを着て、真ん中がふっくらとして、やや切れ長の目が舞台の劇団員を見つめていた。熱心な表情を見ていると無意識のうちに彼女の視線を追ってしまい、いま舞台でちょうど見逃してはならない演出が始まるのではないかと思わせるほどだった。

でも、僕の目はいつまでもその大学生の女の子に釘付けになっていた。

その後、ようやく知ったのだが、静織の夢は舞台女優になることだった。

そして当時の僕は、まさに飛び抜けて売れっ子の小説家になることを夢見ていた。

あの澄み切った情熱的な瞳が、二人の間でぶつかったその瞬間、お互いに同じような人間なのだとわかった。まるで大自然の中に生きる野獣のように、余計な音は立てずに、ただ匂いと記憶だけを頼りに、お互いが同一の生き物だと気づいた。

そうして、僕たちは数週間後に交際を始めた。

その何年か、僕らはお互いに励まし合った。

静織は僕が創作を続けるよう励まし、いつも最初の読者になり、どのようなジャンルのテーマでも、彼女はいつも建設的な意見をくれた。物語中での絶妙なところは彼女のアイデアであった時もあり、そのために何度か受賞したこともあった。

そして僕は同時に静織が台北の劇団にトライアルを受けることを応援し続け、どんな天気でも一緒に大型バイクにまたがって台湾各地の舞台を目指した。彼女はいつも舞台では一番輝いていて、舞台下の観客の表情を見て、僕はいつも誇り高く感じたものだ。

大学卒業後、僕は台北の首都病院に職を得た。バックヤードの管理から始まり、病院での仕事はとても苦しく、でも毎日いろいろな人とふれあうのは、真夜中に創作する格好の題材となった。病院は生命が始まる場所でもあり、一生が終わる場所でもある。人間の短い人生の中で、病院との関わりは無視できない。喜びや悲しみのすべてが、この白い巨塔に充満している。もしこの世で一番物語性のある場所を探すのなら、僕はそれが病院だと思う。

その後の日々の中で、僕らはお互いに最強の後ろ盾となった。僕は静織を守り、静織は僕を励ましつづけた。自分が創作を続けることができるのは、彼女と出会うためではなかったかとさえ思うくらいで、最後に売れっ子の作家になるかどうかは、そんなものはどうでもよかった。だって、自分たちは素晴らしい景色の道を走っているのだから。

でも、このすばらしい景色も、二年前の春に突然終わってしまった。

その日僕は病院の事務局で昇進し、業務引き継ぎのために、連日遅くまで残業していた。ちょうど静織の公演も病院のすぐ近くの小劇場でやっていた。僕は時間を見て、舞台の第一幕が始まるまでには間に合うだろうと思った。

実家から遠くないので、父母も静織の公演をよく観に行っていた。二人は彼女のことをたいそう気に入り、台北で静織の公演があれば、何が何でも駆けつけて応援した。

「仕事に忙しいのは、静織の将来を支えるため。だから、わたしたちが替わって静織の今を見てあげる」母親はこう言い、大きく笑った。才色兼備なお嫁さんが来てくれることを喜んでいる魂胆は見え見えだった。

パソコンのデスクトップに表示された時間は夜の八時で、すぐに八時半、九時と過ぎていった。その日の夜に事務局長が翌日に特別対応する案件を急に入れたので、時間はどんどん過ぎていき、静織の公演を逃してしまいそうだった。

でも、どうしても僕は幕が閉じる前までにと、急いだのだ。

静織は舞台のうえで美しい真っ白なシルクのドレスを着ていた。それは僕が一番大好きな一着で、純白で柔らかい肌触りは、まるで彼女が人に与える感覚のようでもあった。

彼女は満場の拍手の中で、劇団員が並んだ真ん中に立ち、軽く一礼して観客の熱意に応えた。彼女がにこやかに笑い、僕はこの時静織は最高にうれしいのだろうと思った。

静織は舞台下の観客に目をやり、隅っこに立っている僕を見つけたのだった。

僕は手を軽く振ると、彼女は舞台のうえで軽く笑い、僕にむかって親指を立てた。

静織と僕たち三人が駐車場で落ち合った時、深い色のコートの下に着た真っ白なドレスはまだ着替えていなかった。彼女はまるですばしっこいウサギのように後ろ座席に潜り込み、そして早口に言った。「来るとわかってた！　景城《ジンチョン》、今日の公演はとてもよかった。楽屋で誰に会ったと思う？　あの人――」

僕と静織は後ろに座り、父と母は前で運転をした。車内は彼女の興奮した声であふれていた。

いつも笑顔を絶やさない静織で、彼女さえいれば、笑いが絶えることはなかった。

「よかった！　次に会ったら、しっかり自分のことをアピールしないと！」

僕がうれしかったのは、有名な俳優がいたからではなく、静織が自分の夢見る姿とますます近づいていったから。

以前ははるか遠くにあった舞台だったけれど、ようやく自分のものにできそうだった。

その時……

赤信号が青に変わり、車が動き出してまもなく、右側からライトを消したままの真っ黒なベンツが、一〇〇キロを超えるスピードで突っ込んできたのに誰も気づかなかった。

黒いベンツはこちらの右側にぶつかり、強烈な衝撃で車体は瞬時に横転し、粉々になったガラスが飛び散った。でも体はまだ痛みを感じることはなく、まるで体全体が超大型の洗濯機に入れられて、ずっと回転し、いつまでも止まらないかのようで、最後にはどのような結果になるのかさえわからないほどだった。

意識が戻った時には、すでに首都病院の救急センターで、そこは自分になじみのある多忙な場所だった。

何人かの同僚が僕のそばで駆けずり回っていて、自分の体には何本もの透明な管が繋がれ、液体がゆっくりと腕に流れていた。自分でもぱっくりと開いた腕の傷に、ガラス片が残っているのが見え、腕を動かすと、切り裂くような痛みが一瞬のうちに自分を昏睡状態にさせた。

母は死んだ。

静織はＩＣＵで一週間頑張った。僕の怪我もひどく、肋骨は何本も折れ、他の挫傷や擦り傷は数え切れないほどだった。

僕はその後自分の持ち物の中からあの真っ白なシルクのドレスを見つけた。血痕が真っ黒なコーヒーのような色に変わり、僕はドレスを抱きしめながら、その場でうずくまって激しく泣いた。嗚咽するたびに耐えがたい痛みとなり、涙がドレスに落ち、濡らしていった。乾いた血痕がにじみ、胸には落とせないほどの鮮血の痕が残っていた。

そのシルクのドレスは、相変わらず肌触りがよかった。

主治医は彼女が一滴の涙も流さず、これほど勇敢な女性は見たことがないと言っていた。

僕は軽く頷き、彼女にはもっと力強い一面があるのに、それを知るのは遅すぎましたねと言った。

入院して七日目の朝、静織は息を引き取った。

一ヶ月後、僕と父は退院した。

でも体のある部分が、引き続き病院の中に残っていて、永遠にそのままのような気がした。

僕と父が住んでいた場所は、ＭＲＴで数駅離れているところだった。でも事故が起きてから、僕は徒歩で行くことにした。自分には一人の時間が必要で、同じように連れ合いを失った父とどのように向き合うべきかしっかり考える必要があったから。

いつも実家に帰るのは、週末の夜だった。小さい頃に使っていた部屋で一晩眠り、翌日に今の住み処へと戻る。

父親は今年六十六歳になったばかりで、僕は三十三歳。ちょうど父の半分だ。でも最愛の人を失った傷は、年齢によって違いがあるわけではない。心にあいた大きな穴が、影を重ねていった。

父はとても強気な人だった。僕と同じ年頃の時には、一人で鉄工所を経営していた。台湾社会が経済発展を続けていく中で、周りは簡単に稼ぐことができると言ったが、自分では彼らの成果が、どれも汗水を流して得たものであり、この世にただ食いできる飯などないように思えたという。

もし、あるとすれば、それはすごく高いもの。

この道理は父が教えてくれたもので、僕の父に対する印象は、いつまでもこのように勤勉な姿だった。心の中でこうだと思えば、自分の手で果敢に取りに行く。もしかすると全身傷だらけになるかもしれないけれど、でも最後には腰に手をやり笑みを浮かべる者こそが、勝者なのだ。

でも、どんな鋼のような男でも、その背後には水のような優しい女性の姿がある。

それが僕の母だった。

母が亡くなってから、僕は実家に帰るたびに、父が一人でソファに座っているのを見た。視線ではテレビを見ているけれど、でも僕にはわかっていた。父は画面など見ていないことを。光が目の中に入り、そして消えていくだけだった。

僕は人がテレビを見ているのか、それとも人にテレビを見せているのかわからなかった。

あの頃に意気盛んだったさすらいの若者は、長年の住み処でゆっくり萎れていった。

僕は母と愛を失った苦しみを同時に感じていたが、でもまだ若かったので、傷を受けながらも力は残っていた。失った悲しみは、消えなければ、逆に永遠に残してしまえばいい。

その日の夜、僕は高校生の頃に使っていた実家の学習机で、頬杖をつきながらしきりに考えた。見上げてみると、目の前に見えるものは当時実家を離れた頃と変わらない。

僕は一晩かけて短編小説を数編書き上げた。本来なら喧嘩する姑と嫁が、二人で国外で生活することを強いられ、ロンドンからパリへ、プラハからローマへと女性が冒険しながら旅する物語。男はそばにはおらず、生まれながらのたくましさと勇気でもって、いろいろな困難に向き合い、最後に台湾へ戻り家族に再会する時には、二人はなぜかしらないが、お互いを見て笑い、手を握りながらまたニューヨークへと旅立つ。彼女たちにとって終わらない冒険を続けるために。

「戻りたくはないからだろう。そうだろう？」父は物語を読み終わったあと淡々と言った。

「ちがう。二人はずっと台北の家族のことを思ってるよ」

「じゃあ、どうしてすぐに戻らない？」

「これならその後また出会った時に、こんなにたくさんのところに行ったと自慢できるから。二人のこと知らないわけではないでしょ」

「それもそうだ」

この半年のあいだ、僕は初めて父が笑うのを見た。

僕は父が笑うのを見たとき、不運な交通事故の影から生き返ったかのようで、ふとわかった。自分の創作の才能は、うまく使うことができると。

退院してから半年が経ち、僕はようやく真剣に創作を始めるようになった。もし魂が残っているのであれば、静織は絶対に隣で眉をひそめて、僕をパソコンの前に釘付けにして大声をだすにちがいないと。「ねえ！　いつまでこんなことしてるの？　もう世界中見てきたのに。それなのにまだ元の場所で」

創作は時間が長くなればなるほどしっくりいかなくなる。でも創作の魂はそうではない。すぐに燃え始める火種のように、脇に置いておいても、火種さえあれば、再度また燃え始める。

それならちらちらとした火種は、隠しておけばいい。僕はあの取り返しのつかない悲劇の晩の黒いベンツの運転手を探し出そうとした。

あの日は相手の運転手も傷を負ったらしい。ひどく酔っ払っていたけれど、エアバッグのおかげで、致命傷には至らなかった。男は別の地区の病院に運ばれて治療を受け、数日後には、何も手続きを済ませないまま、病院の中から消え、警察の指名手配は今に至るまで続いている。

最初僕は怒りが全然おさまらず、その病院に走っていって当直の職員や警備員に聞きたかった。でも、こんなことをしても何のためにもならないと思ったのだ。

だから僕は創作を始めた。僕は母や静織の死を無駄にはしたくなかったし、今でもいてほしかったと思う。そこで僕はあの晩に父に見せた物語を書き換えた。二人の女性を主人公にしたのはそのままで、ミステリーを入れた物語へと書き換え、Louvre というペンネームを使って、インターネット上で作品を発表した。それはフランスのルーヴルの意味で、静織が好きだった場所の一つだから。

物語の中で、二人は手を取り合い、この世に残る解けない問題をこっそりと解いていく。もちろん機会に乗じて悪人を何人も倒すのは、驚くばかりだ。

創作の過程で、人物は物語の展開に従って変わっていき、お互いを理解していくが、僕も自分をますます知るようになった。

これで静織の考え方をさらに理解できるようになったのかはわからないし、あるいはただ虚構の謎のかたまりが、あの晩に怪我を負った癒やしがたい傷口に覆い被さっただけなのかもしれない。

物語を書けば書くほど、ネット上の反響も次第に多くなっていき、たくさんの人がチャット機能で感想を残し、物語の展開に対する自分の考えを披露してくれた。とはいえ多くは自身の好みを書くものだったので、賞賛や批評に対して、一つひとつ反応することはなかった。物語の中の静織が、他人によって左右されたくはなかったのだ。

ある平日の夜、僕は一人でパソコンの前に座り、一番新しい小説をネット上で公開した。

この時、タスクバーのメッセージ通知を知らせるアイコンが、突然光った。

僕は不思議に思っていた。作者と連絡を取る機能はとっくにオフにしていたし、常識的に考えても読者がすぐに感想を送るなど考えられなかった。でも、僕はやはりチャットボックスをクリックしてしまった。

「わたしたちにはあなたの能力が必要です」チャットには簡単にそう書いてあった。

僕は怪訝に思い、返信しようかどうか迷っていると、またメッセージが送られてきた。

「【訂正】世界があなたの能力を必要としています。もし事態がとんでもない方向へ進んでいったのなら、そのままにしておいてください。それが何なのかわかるはずです」

共犯だろうか？　僕には彼が何を言おうとしているのかわかったけれど、自分に何をさせようとしているのかはわからなかった。

「誰ですか？」僕はチャットボックスに入力し、Enterを押した。

相手は三秒待ったあと、チャットボックスが動いた。

「わたしの名前は「監督」です」

これが僕とワラビの出会いだった。

3

ワラビは、隠れた闇の組織。自分のほうから罪のない市民を傷つけることはない。だから、人々はその存在を知ることもない。よく聞く極道のように、さまざまな非合法的行為をするわけでもなかったので、警察が捜査に入ることもなかった。

足跡のすべては、まるで冬の日に泥のうえに落ちた雪のように、太陽が出ると、痕跡を残さなかった。冷たい雪の花は、とっくに水滴と化し、地面にしみこむと、ひっそりと周囲の植物に影響を与える。

人間もまた同じ。

「外の影響を少し受けるだけで、根本的な変化を引き起こす。わたしたちがやろうとしているのはそれだけのことです」

監督はそう言っていた。

僕は監督の姿をはっきりと見たことはないけれど、もっと正確に言うと、その人は浮木《フーム》という居酒屋の上の階にある小部屋にしか現れない。

その小部屋は「ワラビの部屋」と言った。

「ワラビの部屋」は全然目立たない。でもその噂は奇怪な都市伝説のように、ネット上に広まっていた。

噂によれば、その小部屋では運命を変えることができるらしい。まるで公演と公演のあいだの休演日に台本を書き換えて、役者を選び直すかのように。

ただ、一つだけ制限があった。それは過去に死んでしまった人を、生き返らせることはできないということ。

それなら、誰が「ワラビの部屋」に入ることができるのか？

「あなたには彼の人生の台本を評価し書き直してもらいたかったから、だからこちらに来てもらった」

監督は上階の部屋とを隔てるアンティーク調の木製ドアの向こうで、こう言った。上のほうの赤ペンキはほとんど落ち、その下に原木の色が見えていた。

その人の声はしゃがれていて、かなりの年齢にちがいない。

「え？　どうして僕なの？」

「だって、わたしたちは同じように傷を負っているから。それから……」男は数秒黙って、また言った。

「しっかりとした台本作りは、監督や俳優が力を発揮する場で邪魔にはならないから。まるで優秀な建築士が、屋外の外観デザインを決めたあと、内装を実際に居住する人のために設計しなおしても、お互いに干渉することがないかのように。わたしたちの協力もそのようにうまくいくと思う」

「もしあなたが「監督」なら……誰が「主演」ですか？」

「「ワラビの部屋」に入ってくる人たち」

「わかりました。でも実際には具体的にどのようにやりますか？」

「書き上げた人生の台本を依頼者に渡し、その人に「ワラビの部屋」に持ってきてもらう。そこからは監督の仕事だから」

「わかりました。聞いた限りでは難しいことはなさそうですね」

「ワラビの部屋」の噂は都市の暗闇の中で伝わっていったが、人生を逆転させる神がかり的な魔力は、多くの人から注目された。それはたんに賑やかなことを好む人々だったけれども。でも、あと三つほど説明しておく必要がある。

（１）依頼者は別に参考となるような人物を一人探さなければいけない。台本を書き換えるサンプルとして。
（２）相手の同意は不要だが、ある程度は別人の人生を不正に使うことになるので、その人の人生での善し悪しは、すべて引き受けなくてはいけない。
（３）ワラビの部屋に入ろうとする者は、全財産を差し出さなくてはいけない。
費用を受け取るのは浮木居酒屋のオーナーである呉延岡《ウーイエンガン》だ。彼はワラビのメンバーで、「プロデューサー」の役割だ。

「もし誰かがちがうことを言ったら？」

僕は疑問に思い聞いた。

「嘘をついたら？」

「自分の財産をごまかしたらってこと。その人にはもっとたくさんのお金があるのに、申告しなかったら」

呉延岡は真っ白な日本料理で使う調理衣を着て、なれた手つきで鮮度のいい食材を切った。切る動きは芸術家が絵を描くようになめらかだった。

「そんなことはない。規則は規則だから」

彼はテーブルの向こうに立ち冷静に言った。背の高い体格は思わず直視してしまうような大きな気迫があり、場の空気がすぐに固まった。でも呉延岡はずっと気さくに話しかけてくる。

「闇の組織は……簡単じゃない」

僕は思わず笑い出し、白いビールの気泡がグラスの中で揺れた。呉延岡は昔日本に住んでいたころ、あの山口組と密な関係にあったらしい。そんな噂は本当みたい。

代償がこんなにも大きいので、多くの依頼人は怖じ気づいてしまう。これは詐欺グループではないか、実際は「ワラビの部屋」など存在しないのではないか、と思う人もいるくらいなのだ。

僕たちは宣伝など打たなかったし、隠し事もしなかった。

でも、噂を聞いてやってくる人は、ゆっくりと増えていった。

自分の人生に満足しない人は、僕が考えている以上に相当多いのだ。

「何！　売り切れ？　そんなのあり？」小絵《シアオフィ》は椅子から転げ落ち、鋭い叫びで居酒屋の客の注目を浴びた。

「静かに。お客さんがみんな見ている」呉延岡は調理台を整頓しながら、眉をひそめていった。

「ごめん、串焼きを食べに来たんだけど」小絵は声を低くしてまだ言っていた。彼女は本当に呉延岡のところの看板メニューを楽しみにしていたようだった。

彼女は小絵で、今年二十八歳。茶色のポニーテールで、黒縁眼鏡にジーンズ。装いは実際の年齢よりもよっぽど若く見えた。大学生と言われてもおかしくないくらいで。彼女もまたワラビのメンバーで、「美術指導」の担当なのだ。

美術指導とは依頼された案件の現場で、展開にあわせて、警察や他の人から疑われないようにするもので、細かい心配りと観察力を必要とした。

一般的に、ワラビに助けを求めてやってくる人は、みな現実に不満を抱えていて、人生を変えようとしている人だ。でも全財産を供託しなければいけないと聞いた時、目を丸くして、そんなことできないと言いながら、逆に立ち去ることもない。

そのためワラビは折衷案を提示した。一定の金額を負担すれば、ワラビのメンバーが依頼者の人生をある程度は変えると。

たとえば、少し前のこと。以前、薬物依存症となった刑事が、そのことが暴露されて事件になるのを心配したけれど、治療のための依存症センターには入りたがらなかった。台北各地のブローカーや地下組織に通じていたために、中毒症状が現れると、どうしてもブローカーを相手に薬物を買ってしまう。

たしかにその時、僕は刑事にかわって中毒症状を治療するための台本を書いた。その中の展開の一つでは台湾北部の闇に流れる白い粉を、店で流通するような小麦粉に変え、金持ちでも買うことができないような展開にした。

それは僕とワラビのメンバーの間でのジョークだった。胸のうちではこんなことをしても効果はないと思ったけれど。

その時は小絵が「そうか！」と声を上げ、そそくさと出て行ってしまっただけだった。

一ヶ月後、台湾北部にある闇の薬物マーケットは大きく乱れ、ヤクザ同士の抗争まで起きた。

それからというもの、僕はワラビの実行力について疑いを持つことはなくなったのだ。

「おいしい！　おいしい！　やっぱり呉さんは私によくしてくれる」

「罪滅ぼしだよ」

「じゃあ生ビールもひとつ」

「え……そうなの、はいはい、すぐにね」

呉延岡はどうしようもないと両手を広げ、手を拭きながら、カウンターの後ろへ振り向き、冷蔵庫がある奥に消えた。

小絵は興味津々に呉延岡が出したばかりの焼きうどんを食べていた。このメニューも浮木居酒屋の名物料理だ。彼女はうどんを食べながら、言った。「ほら、景城、前にクリニックを経営していたという医者の奥さんのこと覚えてる？」

「医者の奥さん？　林《リン》という人に人生のサンプルにされたあの人？」

彼女の名前は林雨琦《リンユーチー》といい、全財産を差し出して「ワラビの部屋」で依頼をしてきた数少ない人だった。

その日の晩、彼女は車椅子で浮木へやってきた。左足はすでに萎縮してしまい、後天的な病気がもたらした身体障害だった。

林雨琦の夫は医療センターに勤務する若い管理職の医者で、それほど裕福というわけではないが、でもふつうのサラリーマンの稼ぎよりはるかに多かった。欠点をあげれば、夫は働き始めたばかりで、毎月多くの日が二十四時間勤務の当直をしなければいけないことだった。自宅に戻ることは少なかったので、林雨琦は隣でクリニックを営む羅《ルオ》夫人のことをすごくうらやんでいた。

夫はいつもクリニックで治療を行い、収入も多く、家庭の様子もとても和やかな様子だった。僕も病院勤務していたので、若い医師の苦しさとやるせなさはじゅうぶんに理解していた。

「覚えてるよ。どうして？」

「死んだって」

「え！　どうして？」

僕はだいぶ前にそのクリニックの前を通りかかったことを思い出した。羅夫人はカウンターで受付の手続きをしてくれたのだ。

「よく知らないけど、ガンにかかって亡くなったって。悪化のスピードがすごくはやくて、あっというまだったって。それも幸いだったのかも」

小絵が落ち着いて答えたので、僕はややびっくりした。

「そうだったのか……」

僕は頭を抱え、林雨琦にかわり「新しい人生の台本」を書いたことを苦々しく思い起こした。あの日の夜、僕たちは浮木の居酒屋にいた。彼女は車椅子に乗り、僕は彼女の目の前に座り、その間にはテーブルがあるだけだった。

最初、林雨琦はあまり話さなかったので、彼女の本当の気持ちは僕もよくわからなかった。

「あなた……本当に私の人生を変えられるの？」

林雨琦は不安そうに聞いた。

「はい。でも私ではなくて、私はあなたが望む新しい人生の役柄を書くのを手伝うだけ。残りは私がやるわけではないんです」

「そう……わかりました」

彼女は黙って頷いた。

「じゃあ教えてください。自分の今の人生に対してどう不満があるのですか？」

僕は彼女の両目を見つめた。

その時僕は気づいたのだ。彼女がこちらの視線を避け、唇を曲げながら、僕がこれまでに見たこともないような複雑な感情を表すのを。

人生を変えてくれるようここに助けを求めに来る人は、心の中でいろいろなことを考えている。僕は彼女をせかさなかった。ただ静かに目の前にいる若い女性を見つめ、我慢強く待ったのだ。

「わかりました。話を聞けば変な女だとは思わないでしょう」

林雨琦はついに沈黙を破り、ゆっくりと話し始めた。

この数年のあいだ、彼女の夫は病院での仕事と教学、研究活動に忙しく、彼女と一緒に過ごす時間はますます少なくなっていった。彼女の言い分によれば、夫はすでに希望を失ってしまったかのようだった。

続けて林雨琦は暫く話を止めると、突然僕にむかって不平不満を吐き出した。最近では多かれ少なかれすべてのことを自分一人で片付けなければならなかった。例えば、ちょっと前に病気になった時には、自分でバスに乗り病院へむかったりした。夫がいてもいなくても同じようなものだった。

僕は静かに相槌を打ちながら聞いてみた。「だから、いつも彼が自分のそばにいてくれるような人生を望んでいるのですか？　こう理解していいですか？」

林雨琦は少し考えてから頷いた。そして途切れ途切れになりながらも言った。「もし夫の運がもう少しましなら、自分たちでクリニックが経営できればそれでじゅうぶん。そう！　たとえば私の家の近所に住む羅夫人のように。わかりますか？　あそこの夫も医者だけど、でも全然違う。家でクリニックを開いていて、経営状態もすごくよくて、いつもその前を通るたびにすごくうらやましくなる。私を羅夫人のように変えてください。それからみんなと同じように、私もふつうに歩けるのなら……」

林雨琦は一気に吐き出し、顔にはもったいぶるような表情を浮かべた。

でも僕にはわかっていた。これが彼女が本当にやりたいことなのだと。

「わかりました。規定に従い、天理に反するようなことでなければ、私が手伝います」

本当はワラビにはそのような規定などなかった。それは僕が自分で付け加えたことで、僕自身が創作する上でのルールだ。

「でも……費用は知っていますか？」僕はもう一度確認した。

「はい。しっかりわかっています。自分の全財産ですよね？」

「そう」

「わかっています。どちらにしても私はお金持ちではないし、毎月月末には火の車で苦労するくらいだから、全部渡しても羅夫人のような人生と交換することができれば、時間をかけずに、すぐに取り返せます！　でも言っておきますが、これは自分だけの個人財産です！」

「もちろん、もし余分に支払っていても、私たちは受け取りません」

その時、呉延岡も隣から口をはさんだ。彼は「プロデューサー」なのだから、費用に関することは彼が処理する。

「はい、全部ここにあります」

林雨琦は呉延岡に茶封筒を差し出した。

「お願いします」

呉延岡は手で持ちながら、すぐに封を切ろうとはしなかった。僕の肩を軽くたたくと、すぐに自分の調理場へと戻ってしまった。

一時間後、林雨琦の期待に沿うように、僕は人生の台本を書きこんだノートを広げた。それは自分が依頼者のために、人生の台本が変わるように書いてあげた内容をまとめたノートだった。

僕は先ほど確認したことを整理して書き込んだあと、ページを引きちぎり、彼女を連れて浮木居酒屋の上の階の部屋に連れて行った。

居酒屋は日本統治期に建てられた建物をリノベーションしたもので、外観はその時代の西洋的な雰囲気がでていた。もともとこの建物は三階建てだったようで、屋根裏は、六十年前に家主が増築したものだった。そのため三階建てのうえにさらにもう一つフロアがあるのだ。

林雨琦は移動するのが不便だったけれど、僕が彼女を支えて上の階にあがることを拒否した。自分で一歩一歩滑りやすい大理石の階段の手すりを握り、力を出して上にあがっていった。すごくゆっくりだったけれど、額に汗が流れていた。こうして彼女はようやくあがることができ、僕は静かに彼女の隣で、本当に変わりたいのだという決心を感じていた。

「ここが「ワラビの部屋」？」

「そう。あとでこの台本を持って入ってきてもらいます」僕はそう言い終わると、紙切れに書いた台本を彼女に渡した。

「なんか……すごく古い。誰も住んでないみたい」

「そんなふうに思わないで。あなたの一生を変えることはできるのですから」僕はそう言いながら、ドアを二回ノックした。

返事はなく、中はひっそりと静かだった。

「誰もいませんね？」林雨琦はちょっとだけ疑い始めた。

「もう一回」

僕がもう一度たたこうとすると、その時突然監督が言ったことを思い出した。「ワラビの部屋」の鍵はドアの脇にある青銅でできた獅子の置物の中にあり、自分でドアを開けられることを。

僕は気まずくなって頭を振り、右側のテーブルを見た。そこにある獅子はおよそ三十センチほどの高さで、口を広げ、まるで古代の墓地にいる墓の守り神のようだった。

「待って。あ、あった！」

僕が獅子の口をなでると、古ぼけた銅色の鍵が出てきた。ひんやりとしていて、まるで冷蔵庫から取り出してきたかのよう。

「すぐに開けます」

「このあと何が起きるの？　先に教えて」林雨琦は突然緊張したかのようだった。

「本当のところ、僕もよくわからない。この部屋には監督と当事者以外は入ることができないから。でも安心して。ひどいことにはならないはず」

鍵穴からカチッという音が聞こえ、木のドアは内側へとゆっくり開いた。中に明かりはなく、ぼんやりと部屋の中央が見えるだけだった。深い褐色の年季の入った書棚があり、テーブルの上には昔の西洋風スタンドがあった。

部屋の奥にある格子状のガラス窓には、台北の街のきらめくネオン光がきらびやかに輝いていた。

「きれい。星みたい」彼女は部屋の奥の窓を眺めながら言った。「はい、準備完了！」

林雨琦は自分が期待する人生の台本をしっかりと胸に抱き、深呼吸をして「ワラビの部屋」に入っていった。

僕は林雨琦がゆっくりと真っ黒な影となって沈んでいくのを見ていると、この時、突然頭痛を覚えたのだ。

混じり合った喜怒哀楽がさまざまな感情とともに心の中に浮かび、目の前が強烈な衝撃でぼんやりとしたかのようだった。

林雨琦が「ワラビの部屋」の奥深くへと消えていったその時、僕は男の姿に気がついた。顔つきははっきりとわからなかったけれど、ハンチングをかぶり、幽霊のように僕と林雨琦の間に立っていた。

「ようこそ。新しいあなたの人生を見せてください」監督はそう言うと、後ろの僕に目をやり、木の扉がゆっくりと閉まった。

4

「亡くなったの？　かわいそうに。休みを利用して診察してもらいに行こうかと思っていたくらい。それなら今は避けたほうがいいかもね」

呉延岡《ウーイエンガン》は冷えたビールグラスをいくつか手に取り、ゆっくりと黄金色のさっぱりとしたビールを注いだ。

「羅《ルオ》先生、きっとつらいでしょう……」僕は配偶者を失った父を思い出し、顔色が沈んでいった。

「あなた本当にやさしい人！」小絵はビールを片手に大口で飲むと、目を細めて言った。「冷たい！　やっぱりビールは冷えたのが癖になる！」

「え？　僕の反応は普通でしょ」僕は納得できず不満を漏らした。

「そう？」小絵は目を丸くして呉延岡を見つめた。まるで答えを求めているかのように。

「景城《ジンチョン》が言うのはその通りだと思う」呉延岡は言った。

「まったく、本当にわからない人。人間はいずれ死ぬの、早死にするか遅くに死ぬかの区別しかないのに」

「でも残された人は、きっとつらい」

僕はそう言うとビールを大口で飲みこみ、ひんやりとしたものが腹の中まで伝わってきた。

人を失った感覚は、本当にひどいものなのだ。

「そんな悲観的にならないで。羅夫人のように幸せいっぱいの人生は、最後に死んでいく時も大きな苦痛はないんだから。つまりその……」

「パソコンのシャットダウンと同じ」

もう一人の若者の声が後ろから聞こえてきた。

「凱文《カイウェン》！　いいときに来た！　ちょうど呉さんがビールを出してくれる時で。はやくはやく、こっちに座って！」

小絵は大きな声で彼に声をかけた。

凱文はワラビの「カメラマン」であり、大学一年のフレッシュマンだ。小綺麗で、文化人のような顔つきで、髪の毛を後ろにまとめている。

「授業は終わった？」呉延岡は聞いた。

凱文は頷くと、カウンターの椅子に座り、静かにビールを飲んだ。

彼は口数が少なかった。見た目は寡黙な青年のようで、シャイな一面もあった。でも、それでもワラビのカメラマンを務めていた。カメラマンとは「手を汚す」仕事だ。もし書き上げた台本の中で、暴力的な運びが出てきたら、実際に手を動かすのは、目の前にいる弱々しい感じの彼なのだ。

噂によれば、凱文は以前アメリカにいた時、数学と理科では優等生で、高校の時にはいくつものコンクールで受賞経験があったらしい。もともとMITに進学する予定だったけれど、どういう風の吹き回しか、一人で台湾に戻り、いろいろなところを放浪していた。

数ヶ月前、彼は浮木《フームー》居酒屋の店の前でちょうど片付けをしていた呉延岡と出会い、こうしてこの常連客になったのだ。

幸いにも彼はここのところ生活にリズムが出てきて、夜には家庭教師を終えたあとで、店まで来て手伝いをすることもあった。

なぜアメリカから戻ってきたのかについては、皆聞こうとはしなかった。


いまちょうど九月に入り、来週には中秋節をむかえる。居酒屋はますます商売繁盛となり、夜八時半でも、客が出て行ったあとで店の外には入店を待つ次の客がたむろしていた。

凱文はビールを飲み終わると、自分から厨房の流し台まで入り、前の客が使った皿を洗った。

僕も袖をまくりあげ、テーブルを片付けるのを手伝ったりした。

小絵は足音をバタバタさせながら店の入り口まで走り、熱心に客に声をかけ、入り口にいる中年男性には甘い声をかけ笑わせていた。

実はこれは皆が一緒になってから、自然と出てきた暗黙のルールだった。

夜が更け、客も次第に家路についた。小絵と凱文は先に帰宅し、呉延岡は頭巾を取り、大きなため息をついた。今晩の営業もようやく終わり、彼は満足した笑顔を作った。

「今日の午後、林雨琦《リンユーチー》が店に来たよ」呉延岡がテーブルの隣に立って言った。

「誰？　林雨琦？」僕は少しびっくりした。

「そう、ちょっと前におしゃべりしていたあの人」

「元気だった？」

僕は林雨琦が新しい人生の台本通りの生活を送っているのかどうか気になったので、いくつか聞いてみた。でも、すぐに後悔した。「ああ！　ごめん、いろいろと聞くべきではなかった」

普通、ワラビが依頼を受けるのは、多くが法律のグレーゾーンを行くものだった。大きく変える必要がある時は、違法なこともする必要があった。普段、脚本担当はその後の状況を多く聞くことはなかった。やがて自分自身の身に迷惑がふりかかってくるのを避けるためで、これもお互いが身を守る手段の一つなのだ。

でも、僕は思わずいろいろと聞いてしまった。特にこの案件が「ワラビの部屋」に入ってから、僕の好奇心は大いに強くなった。

「順調。でもね……」

「でも？」

「うまく行き過ぎ」

「そう……どういう意味？　前に僕が書いた台本から大きくかけ離れているとか？」

僕はいささか緊張し、声が思わず高まった。

「いや。その正反対。完全に台本と一緒だから」呉延岡は言った。

「それはよかった。そうか、それなら彼女の足もよくなったの？」

「そう。今日自分で歩いて入ってきた。動くのに不便な様子はどこも感じられなかったけれど」

僕は頷き、驚きはしたけれど、でも「ワラビの部屋」の威力を聞くのはこれが初めてではなかった。身体の後遺症さえも完全に治癒させるのだ。

この時、呉延岡がポケットから名刺を一枚取り出した。上のほうにはクリニックのシンボルマークが印刷され、場所は台北市の繁華街だった。借り賃は一ヶ月で数十万はかかるはず。

「彼女の旦那さんが開いたの？」

僕は直感的に林雨琦の新しい人生の台本を思い起こした。隣人の羅夫人と同じように自分のクリニックを持つことだった。

「そう。先週オープンしたばかりで、なかなか順調みたい。それで今日お礼を言いにわざわざやって来て」

僕はスタイリッシュな名刺を手に取りながら、「ワラビの部屋」が持つ力に驚嘆した。

でもその一秒後、心の中ではさっと影が差したようにも感じた。

「何か言いたいことがあれば言いなよ。どちらにしても店には誰もいないから」呉延岡は頭をあげて僕を見て、そして言った。

彼は細かいところまで考えるたちで、言葉数は多くなくても、いくつか言い当てることができ、彼をごまかせるようなことなどほとんどできなかった。

「わかった。じゃあ直接言う」僕は少し間を置いてから、続けて言った。「ずっと不思議に思っていたけれど、羅夫人は健康な人だった。突然病気になって、すぐに亡くなってしまった。いま羅先生のクリニックは診療を休止していて、考えてみるとものすごく偶然すぎる」

「つまり？」

「推測だけど、これは林雨琦が羅夫人の人生を……人生のサンプルとしたことと、何か関係があるのかも？　僕の理解では、「ワラビの部屋」は他人の人生を参考にするだけで、乗っ取ってしまうわけではないよね」

「つまり言いたいのは、林雨琦が羅夫人の素晴らしい人生を横取りしてしまうのをワラビが手伝っているということ？」

呉延岡はためらうことなく僕の胸中の陰りを言い当てた。

僕は首を振った。

「そんなことない。これは一般的な有料サービスとは違うんだから。あの二人は台本さえ見たことがないのに」彼が言うのは小絵と凱文のことだ。ふだんは二人が依頼人の希望通りに調整していくのだ。

「僕もそう思うけど……」

「うん」

「だから「ワラビの部屋」だけの理由でこんなふうになるなんて、本当に不思議で……」

僕は居酒屋の二階へとあがる狭い階段を眺めていた。

まるで自分の心臓がどんどん加速していくかのようで。

「ワラビの部屋」は結局何なんだろう？

5

台北の西門町は年中観光客であふれている。世界各地から来る観光客はここを訪れることがほとんどだ。

浮木居酒屋《フームー》もちょうど西門町の路地の中にあった。人があふれるホコ天エリアから少し距離を置いたところで、そのためこの路地に足を運ぶのは、だいたいが探検好きな外国人観光客か、浮木居酒屋のオーナーである呉延岡の手さばきに魅せられた食いしん坊たちであった。

店内の空間は大きくはなく、角形テーブルが三つ、それに加えて調理台と向き合わせになった椅子が四つ、これが営業スペースのすべてだ。だから食事の時間になると、すぐに満席になってしまう。

僕が勤める病院はここからそう遠くはなく、退勤後時間があればここへやって来て、食事をしてから帰宅した。

でも、本当の理由は呉延岡《ウーイエンガン》の料理に魅了されたわけではなく、他に理由があった。

その理由はワラビが執行する依頼案件が高額なためで、ただふだんはメンバーがその利益を平等に配分されるわけではなかった。

すべての収入は、高額なコストを引いたあと、あまった金額をすべて浮木居酒屋の口座に入れて、プロデューサーの呉延岡が管理していた。

今まで収入を分配したことはなかった。でもここでの食事の会計は口座の中の積み立てから引き落とすことができた。だからワラビのメンバーは暇さえあれば、こちらへと走った。

こういうわけで、僕はやはり病院の仕事を続けながら転職を待つことにして、すべての生活は以前のままだった。

金曜日の夜、苦しかった一週間がまた終わると、街には観光客や外食を楽しむ人が次第に増えてきた。

僕は居酒屋のセットメニューを食べ終わったばかりで、ゆったりとカウンターに座っていた。呉延岡は出たり入ったりで忙しく、僕と話すような時間はあまりなかった。僕は一人で座り、気の向くままに雑誌をめくった。

背後からガラガラという音が響き、木のドアの下につけてあるタイヤが動いた音だった。

「おなか減った……呉延岡、トンカツ食べたい！」

小絵《シアオフイ》の朗らかな声が外から響いてきた。ドアに近いところで食事をしていた会社員の女性はびっくりして、バツが悪そうにたいしたことはないと装いながら、髪の毛をかき上げながら食事を楽しんでいた。

「俺も、どうも」

凱文《カイウェン》も後ろから入ってきた。僕がカウンターに座っているのを見ると声をかけてきた。

「景城《ジンチョン》も来てたんだ！」

小絵が隣に座り、僕と凱文に水を注いでくれた。

「うん、今退勤したばかり」僕は言った。

「私も、すごく疲れた」

「あれ？　今日は金曜日……さっき終わったばかり？」

小絵はふだん画廊で企画に関連する仕事をしていた。平日も休日も決まった日に出勤し仕事をした。金曜日は逆に少しリラックスできるような日だった。でも、今は彼女もどこか疲れていて、きっとそれもワラビの仕事と関係があるのだろう。

「そう、あの酒飲みのこと」

小絵が言うのは少し前に引き受けた依頼案件だった。内湖［台北市東部の新興住宅地］に住む金持ちが酒を飲んだあとには必ず妻を殴るのだった。その女は派手な洋服を着ていたけれど、ＤＶを受けた全身のアザは隠せず、新しい傷と古い傷がいつもついていた。ある日彼女は浮木居酒屋に来て、夫を殺してくれと依頼した。

ただ、その時僕は断った。

この男はとんでもない奴だけど、死なければならないとまでは言えない。女が提供した録音音声と子供に対する態度から、男は素面の時はすごく家族思いで、ただ酒癖が悪く別人になってしまうだけなのだ。

それ以外にも大事だったのは、新しい傷は女が自分でつけたものでもあったということ。でも依頼案件はあがってきたので、僕はいろいろと考えなければいけなかった。

昔書いた小説の物語の中から、台本を三パターン書き、女に一つ選ばせることにした。

台本では、僕はその金持ちが住む家や会社のすべての液体物を酒に変えた。水のタンクから何から何まですべて。その会社の職員はべろべろに酔っ払い、いくつかの大きな案件を逃してしまった。

その金持ちは最近損失がひどく出たという。はじめ自分がアルコール依存症になったと思ったけれど、結局は真面目に自分と家族の問題を考えることになった。

「本当のところその女は夫を殺そうなんて思っていなかった。でなければ、こんな台本選ばないでしょ」僕は言った。

「なるほど。今回こそ凱文が登場するのかと思った」

「人殺しは、後戻りできないから。その夫にしても妻にしても、どれも同じこと」僕は頭を抱えながら言った。

「私たちにとっても同じこと」

呉延岡は厨房に戻り作り上げた料理を手に取りながら、一言だけ言った後、また忙しく戻っていった。

彼の話す口調はきっぱりとしていた。

「そう。景城は台本だから、死に神と変わらないね。目を付けられたら最悪。おおこわい」

小絵はそう言いながら、よい香りのする料理に顔を近づけて、すっとんきょうな声を出した。

「いや、ルールは僕が作ったわけではないし」

僕は両手を広げて、どうしようもないと言い、でも命にかかわることなので考えてみた。もし本当に台本の中で殺人を犯しているのなら、彼らだって同じようにするだろう。そう思うとますます気分が重たくなっていった。

「でもね……撤収の時は、本当に気味が悪い」凱文は突然そう言った。

「どうかしたの？」

「昨日の夜に大富豪の別荘に忍び混んだら、ちょうど泥棒二人と出会ってしまって」

凱文はだいたいのところを話してくれたけれど、僕はびっくりするばかりだった。

「なに！　窃盗の集団？　顔を知られたわけじゃないよね？」

「ははは、こんなに驚いて。安心して！」小絵は僕の反応を見てすぐに笑った。

「だからさ？」

「その泥棒二人は計画的なものではなかったみたいで、偶然これと思った金持ちの家を見つけて、一人はベランダの窓から入り、もう一人は子供部屋から忍びこんだみたい。もし私が先に警報器を解除してなかったら、あの間抜けな二人は入れなかったのに」小絵はそう言った。

「そうそう、小絵が言うのはその通り。でも……あいつらも面白いよ。同時に客間で出会ってしまい、殴り合いになって。それで、それでも声を出せなかったんだって。一人は腕を折られても、叫べなかったらしい」

凱文は泥棒が殴り合いをする格好をまねた。パンチの拳を振るって、その動作はどこか滑稽だ。

「じゃあ、最後はどうなったの？」

「それから本当に辛くなってきて、家の人を起こすわけにもいかなかったから、手探りでソファの上に座っていた。手には酒瓶を握ったままで。わざと軽くせきをして、静かにあいつらをにらんでやった。二人はこっちを家の主人かと思ったみたいで、驚いてドアまでかけていった。夜が明ける頃でも、まだ近くでウロウロしていたらしい」

「ははっ、あの二人本当についてなかった」小絵は手をたたきながら笑っていた。

「そう、二人からすれば本当に不運だよ。でも、変な話だけど、お金があってもなくても、こうした人たちはやっぱり同類の人たちのあいだで競争して……」僕は言った。

「こうした人たち？」

「え？　景城が言うのは……」

小絵は頭を傾けて、不思議そうな表情をした。

「林雨琦《リンユーチー》のことでしょ？」呉延岡はドアの近くに座っていた最後の一組だった会社員の女性たちを送った後で、突然言った。

皆はすぐにわかった。僕が言いたいのは「ワラビの部屋」に入って、新しい人生を手に入れたクリニック院長夫人の林雨琦のことだった。

「すごい！」僕は笑いながら言った。

「どういうこと？」凱文はこの二つの関係がわからず、すぐに聞いてきた。

「一方は泥棒、一方はクリニック院長夫人」お互いで競い合うという状況には区別などいらなかった。

林雨琦の社会的、経済的名声は、二人の泥棒よりもよかったけれど、でも永遠に満足できないのだ。例えば、同じクリニック院長夫人の羅《ルオ》夫人のように、いったん自分とほとんど同じ階層の人に出会うと、やはりお互いに張り合ってしまう。

二人の泥棒が取ろうとしたのも自分よりも上の金持ちの財産で、でもしっかり考えてみると、大富豪の屋敷から盗んでくる財物など限られていて、富豪がこのために盗人へと変わって競い合うわけではない。この二人の泥棒だけがいったん狭い路地で出会ってから、お互いに真剣だったのだ。

競争は同じクラスの人間のあいだでしかおきない。

凱文はわかったかわかっていないのか頷きながら、深く考えていた。そして突然頭をあげて言った。「そうだったんだ」

「何が？」僕は不思議に思って聞いた。

「前にアメリカにいた時、学校の授業が本当に退屈で、だから進学するのをやめたんだ。今その理由がようやくわかった」

「凱文ってＭＩＴだったんでしょ？」

「そう」

「それでも退屈なの？　学内は天才ばかりでしょ？」

「うん……そう言われればそうだけど」

「わかった」僕はどうしようもなく苦笑いした。「天才ならではの悩みだね」

呉延岡と小絵もお互いに視線を合わせ、続けて大声で笑い出した。

「何がそんなに面白いの……」

凱文は低い声でぶつぶつと言い、顔には困惑の表情が浮かんでいた。

6

病院勤務の者は、日頃いろいろな痛みや辛さに接するため、極端な二種類の生活習慣を身につけてしまう。

一つは丈夫な体は生来のものではないと知り、いつも健康にはじゅうぶんに気をつかう人。人混みの中では日頃からマスクを使い、ふだんは時間さえあれば、スポーツジムでランニングし、習慣的な運動により毎日向き合う患者と同じようにはならないと考えている。

もう一つは極端で、医師自身がおそらく自分の体の構造や成り立ちをよく理解しているのであろう。あるいは外的な誘因が多すぎるのだろうか。多くの一般人のような不健康な習慣が見られる人。たとえば酒やたばこなど、時にはまったく気にかけず、それは病院勤務のストレスと無関係とはいえないはず。

そして僕は最近、ジョギングの習慣を始めるようになった。でも、時々走りながら、浮木居酒屋《フームー》までやってきて、冷えたビールをおなかに流し込んだ時には、罪悪感と炭酸ガスが一気に頭をつくのだ。

誘惑を断ち切るべきとはっきりわかっているのに、でも心の中ではまた自分の苦労を褒めようとしている。

人間の意志は時にはこれほどまで脆弱なのだ。

秋も深まった週末の夜に、僕は公園で二時間半かそれ以上走り、そして一人で椅子のうえに腰掛けて休んだ。

小さな公園で人は少なかった。植栽した雑木の葉はすでに枯れて、粉々になって煉瓦を敷いた歩道のうえに落ちていた。夜のそよ風が肌に吹き付け、すがすがしい感じがする。

夕方から大雨が降り、歩道の葉っぱは濡れてしまい、湿っ気と泥のにおいがした。

僕は小学一年の頃に、ここで自転車の練習をしたことを思い出した。

自転車を初めてこいだ時も、今と同じように、雨の日だった。その時は父も母もいた。

僕は買ったばかりの新しい自転車に乗り、公園の歩道のうえを止まらずに飛ぶような速さで走った。誰に見せようとしていたのか、もしかすると父母に見せようとしていたのかもしれないが自分ではわからない。

その年齢の子供は、外で新しいことを覚えると、いつも自慢しようとする。

記憶の中ではその後うっかり水たまりで転び、転倒してしまい、全身地面に突っ伏してしまった。

それが僕が初めて泥と雨の味を知った時だった。

泥は生臭く錆びた鉄の味がして、僕はいつまでも忘れられない。


歩道の奥からはサッサッという音が聞こえてきた。女の人がブランドもののスポーツウェアを上下にまとって、公園の外周をゆっくりと走っていた。

ジョギングと言っても、その速さは決してゆっくりではない。体格はほっそりとしていて、三十歳前後であろうか。

まじめだ。心の中ではスポーツ選手か誰かだろうと思った。

腕時計に目を落とすと、すでに夜の九時だ。もやもやと負けたくないという気持ちが沸き起こり、自分はあと何周できるだろうかと数えていた。

でも、すでに何周もジョギングしたので、足の筋肉がかすかに震えていた。

「無理はしないほうがいい……」僕は独り言を言った。

先ほどのランナーは奥のほうから折り返し、もう何周したのだろうか。もし自分だったら、とっくに息が切れているだろう。

遠くから近くへと、靴底のサッサッという音がますます大きくなって、僕の方にむかってきた。

ほっそりとした人が僕に近づいてきた。

思わず頭をあげて近距離から見つめてしまった。

「あれ？」

僕が目の前でジョギングしている女性に目をやると、見れば見るほどどこかで見たことのあるような感じがした。最初は困惑し、続けて信じられないと大きく両目を見張った。

その女性の耳たぶが光り、こちらの方に顔を向けた。

「なんでここにいるの？」彼女は僕よりも先に声を出し、びっくりして言った。

僕は林雨琦《リンユーチー》にむかって手を振った。

彼女は先日「ワラビの部屋」に入ってきた依頼人だ。

僕は上から下まで彼女を見つめ、内心ではじろじろと見てはマナー違反だと思ったけれど、本当にびっくりしてしまったので、いろいろと考えずにはいられなかった。

彼女は火照った顔をして、ジョギングを終わらせたばかりでハアハアと息をつき、全身に力がみなぎっているような感じだった。

目の前の女性は以前とは全然違っていた。

「何景城《ホージンチョン》でしょ？　居酒屋にいた人」林雨琦は首にまいたタオルで汗を拭きながら聞いてきた。

「こっちこそ聞きたいよ……林雨琦？　本当にあなたなの？」

彼女は力強く頷いた。僕に出会ったことが予想外だったようで、すぐにベンチの隣で足を止めた。

「もちろん、わたし。夜に出てきて運動中」

そう言うと、彼女は自分で突然笑い出し、まるで何かを言い間違えた学生のようだった。

僕にはわかっていた。しばらく前、彼女はまだ隣で一緒に走ってくれる人が必要だったのだ。でも今ではこのように運動することができて、誰が見ても信じられなかった。

「座ってもいい？」林雨琦は僕の隣に空いている場所を指さした。

「ええ、もちろん。すごく偶然……」

「ここで走り始めたばかりだから、会ったことはないですよね？　ジョギング？」

「時々です。ふだんは屋内で仕事だから、運動したいと思って。本当によかった……」

よかったのは僕なのか彼女なのかよくわからず、ほとんど聞き取れない声でぶつぶつと言っていた。

「最近どうですか？」

僕はこう聞いたけれど、でも見た感じでは林雨琦は悪くはなさそうだった。

彼女はもしかすると僕もこう聞くとは思わなかったようで、頭を傾けて考えていた。

「どう言えばいいんだろう。何か願いが叶ったかのような感じで、あまり現実的ではないみたい。うまく言えないけど、まるで……まるで……まだ夢を見ているかのようで、そう！　夢と同じみたい」

「夢？」

「そう。ときどき朝起きて目覚めて、手のひらで体を支えて、足で床に力を入れるたびに、本当に不思議に思ってしまう。すみません、変なこと言って」

「大丈夫。すごくよくわかります。また立つことができて、旦那さんもとてもうれしいのではないですか」

「そう……」

「いつもジョギングしているの？　さきほど見ていたらすごく速くて、すごいですね」

「いえ、そんなことないです……もう十数年走ってなくて、体力もだいぶ落ちて。たぶん体は覚えているのかも」

林雨琦はそう言うと、しばらく黙った。

彼女は口を少し動かすと、奥の方を見つめ、数秒間の沈黙に浸った。

僕はその理由を知ろうとはせず、聞くこともなかった。

「高校の時に、夫の阿識《アシー》を誘ってよくこの公園に走りに来ていました」

林雨琦はくねくねとした歩道を眺めながら、ゆっくりと言った。

僕は少しびっくりしてしまい、夜になった公園は電灯がぼんやりと黄色く、僕の驚いた顔つきは気づかれなかっただろう。でも、彼女のスポーツウェアから判断すると、以前も運動の習慣があったに違いない。ただ病気の影響で走れなくなってしまったのだ。

「そうでしたか……やはり」

「私たち同じ高校に通い、違うクラスでしたが、陸上部の部員でした。目標はそれぞれ全国大会で入賞することで、放課後いつも一緒に練習していました。先にどちらから告白したかは覚えていませんが、結局一緒になりました」

「同じ目標を持つのは、一緒に前進している感じがしてすごく素敵です」

僕は彼女の話を聞きながら、少しうらやましくなってそう言った。その瞬間、僕は静織《ジンジー》を思い出した。

「確かに、あの頃は本当によかった」

林雨琦も軽く笑顔を作った。

「高校三年の時に、背中が痛くなり始めて、ゆっくりと歩くことさえもできなくって、その時ようやく脊髄に問題があると知りました。数ヶ月後に大学の共通入試があり、阿識は成績がよかったので、医学部への合格も難しくなかった。でも彼はランニングと勉強の他、私に付き添って病院にも行ってくれて。おそらく、あの日はあせっていたんです。バイクで不注意にも転んでしまい……私の症状がさらに悪くなり」

僕は黙って聞いていた。彼女の夫の阿識とは面識がないけれど、頭の中には後悔してやまない少年の顔が浮かんだ。そうした心の痛みを知り、思わず自分の気持ちも一緒に沈んでいった。

「そうした事故はもう二度と発生してほしくない。胸の内はきっと辛いでしょう。特に今はこんな時だからこそ」

「もちろん。今まで彼のことを責めたことはありません」

林雨琦は両手を膝につき、頭を低くした。

「阿識はテスト中もずっと私のことを心配してくれました。幸いにも彼は医学部に合格したけれど、第一志望ではなかった。来年もう一度受験するかどうか聞いたことを覚えています」

「それからは?」

「彼は入学すると言って、一年早く医者になれば、それだけ早くにわたしの面倒を見ることができると」

「旦那さんはすごくよい人ですね。絶対にやさしい人でしょう」

話は終わった。見間違えかどうかわからないけれど、彼女自身が夫のよい点を話す時は、頭をずっと低くするのだ。

一見すると恥ずかしがりやかと思ったが、でももっと別の複雑な感情があるようだった……

「阿識は本当にいい人で、ずっと私のために考えてくれた。でも……時々思うのは、あの時不運にも死んでいればよかったのではないかと」

「どうして？」

この時の僕の表情はびっくりしたかのようだったにちがいない。

「阿識は前からずっと優秀だった。部活でも勉強でも、こうだと決めれば、決めた目標をクリアしていく。あの時に頑張って医学部合格を決めたのも、自分で私の病気を診たかったから。ずっと自分のせいにしていたから」

僕はやっと林雨琦の複雑な心境を見つけ出すことができた。それは自責の念なのだ。

「どちらにしても医療には限界がある。人は神ではないし、医者も例外ではない」

僕は軽くため息をついた。

今、医学は急速に進歩したけれど、人類の身体に対する理解は完全ではない。あらゆる医療には必ず限界がある。一般の人は医療スタッフを神さまのように思うけど、でもその期待は往々にして裏切られ、神様が一夕のうちに簡単に凡人へと変わるのだ。そして善悪もなく中傷される。ただ思いがけなかったのは、阿識が医学の訓練をうけ、医師になったにもかかわらず、今に至るまで当時の影から逃れることができていないということだ。

「何度も彼に言ったけれど、私はちっとも気にしていないと。彼にはもう気にしないでと言ったけれど、でもそこから破って出てくることができなくて。病院での仕事のストレスが大きくても、私にはどうすることもできなくて。だから居酒屋の噂を聞いて……」

林雨琦がそこまで話すと、声はもう聞き取れないほどだった。

僕が林雨琦と会話をした回数は多くないし、彼女の夫の阿識にも会ったことはない。しかも少し前までは、林雨琦は本当のところは財産目当てで助けを求めにきたのではないかとさえ思っていたくらいなのだ。でも彼女の話を聞いて、逆に自分がこのように勝手に判断したことを恥ずかしくも思うのだった。

僕は最初、林雨琦が羅夫人《ルオ》の素敵な人生をうらやみ、財産目当ての私欲の段階にとどまっているのではないかと思っていた。二人がお互いに深く自責の念にかられていることが、見えなかったのだ。

彼女も傷ついた普通の人だった。

普通の人だからこそ、自分よりもよい暮らしをしている人をうらやんでしまい、癒えない傷から立ち直ることを期待してしまう。千夜一夜物語のように聞こえるけれど、話してみると人に笑われて、未来の人生が今よりもよくなっていてほしいという期待など、当たり前のようには想像できない。

　このような彼女だからワラビを訪ねる必要があったのだ。

　こうした話はいつも耳にするものだ。

　あるいは、僕は今回本当に彼女たちの役に立ったのかもしれない。

「阿識が健康そうな姿を見れば、絶対に喜んでくれると思う」

「うん……」

「呉延岡から聞いたけれど、彼に会いに行ったんだって。阿識も順調にクリニックを経営しているらしいね。本当におめでとう」

「ええ……」

「どうしましたか？」

「羅夫人……」

「え？」

「もしかすると私が殺してしまったのかも」

　林雨琦の言葉を受けて答えがすぐには見つからず、訝しく思った彼女はこのように言った。

　僕はすぐに彼女と羅夫人が隣人の関係であることを思い出した。どんなことも筒抜けで、病気で亡くなったというびっくりするような話も、すぐに広まったのだった。

「彼女の死は、関係ないです」

　私は彼女のことについてまだ考えていたけれど、口では意識的に先に答えてしまった。

でも、これでも本当に関係ないと言えるのだろうか。

それでも、実のところ、僕は人の依頼をうけて人生の台本を書き換えるのは、彼らの悲惨で希望の見えない人生を、もう一度舞台のうえに引き戻すように考えていただけだった。もちろんある程度は別人の成功した人生をコピーするようなもので、丸写しするのは犯罪的ではあったけれど、でも他人に期待に満ちた新しい生活を過ごしてもらうのは、僕も心の底からうれしかった。

僕はこれまでずっと考えたことなどなかった。そのようなサンプルにされた側に関心を向けるのであれば、彼らの人生はどのように変わってしまうのだろうかと。

「『ワラビの部屋』は依頼者に代わり人生の台本を書き換えるところ。言葉を換えれば、別人の人生をコピーするということ」

僕にはまるで監督の声が聞こえたかのようだった。それは初めて「ワラビの部屋」の入り口で、監督と正面を向いて話し合った時だった。

監督の年齢は見た感じでは五十歳を越えていて、まっくらな部屋に座っていた。窓から差してくる光で、彼の頭はすでに白くなっていて、まるで世故にたけた老人のようだった。

僕は前に道ばたで監督に出会ったことがある。それに何度かテレビでもこの人を見かけたことがある。でも彼が僕に与えるのは、どこか馴染みがあり、何年もあっていない昔からの友人に出会ったような感覚だった。

「羅夫人のこと、本当に私と関係ないのでしょうか？　本当のところを教えてください」

林雨琦はぶつぶつと言い、僕の先ほどの言葉を繰り返した。彼女は僕の話し方から、何か隠しているのだと気づいたのだった。

「林さん、ただ言えるのは、あなたが変えることができたのは、あなただけの人生に過ぎないっていうこと」

僕はもう一度言った。自信たっぷりな言い方だったけれど、でも自分で確かなことは何もなかった。

「ええ……わかりました」

「今は新しい暮らしに集中すべきです。病状が快復しただけでなく、旦那さんも開業医になれたのだから。これで一緒になれる時間は今までよりもっと多くなるでしょ」

「ええ、確かにそのとおり」

「そうだ、旦那さんは居酒屋のことを知っているのですか？」

僕は思わず言ってしまった。林雨琦はぼうぜんとして、首を振った。

「あのう？　どうしましたか？」

「あの晩居酒屋の小部屋から帰った後、周囲に変化が出てきました」

「当然ですよ。だってあなたは「ワラビの部屋」に入ったのですから。でも結局何が変わったのですか」

「ええ……最初は足から、少しずつ力が入るようになって、三日後には何かによりかかる必要もなくなって、自分で歩けるようになりました。阿識はびっくりして。理由を説明するなんて無理でした」

林雨琦はそう言いながら自分の足を震わせた。

「一週間もしないうちに、走れるようになって」

「そんなに早く？」

僕はびっくりした。彼女の快復が考えていたよりもずっと早かったのだ。

「私も意外でした。阿識はずっとありえないと言って、何か特別な外科手術をしたのかと聞いてきて。ちょうど本当のことを彼に話そうかどうか迷っている時に、羅夫人が亡くなったという知らせを聞いたのです」

「そう……」

「羅先生のクリニックはそんな感じでしたので、何日も閉じたままでした。私は阿識もクリニックを開業したいという願いがあることをあなたに書いてもらったことを思い出し、彼にもその願いについて話しました。なぜだかわからないけれど、阿識はすぐに返事をして。続けて場所を探し、内装を考え、開業に至りました。すべてがとっくの前に決められていたことのようで、しばらくして、運が回ってきて、今のように落ち着いたのだと思えました」

僕は頷いて、心の中ではなるほど「ワラビの部屋」かと思ってしまった。映画の中で見る魔法のように、指をはじけば自由に人生を変えられるものではなく、すべての変化は理路整然としていた。でも糸口は見つけだせず、どのようにして最後までできたのかさえもわからないままで。

「でも……」林雨琦は何かを言おうとしてやめた。

「どうしましたか？」

「阿識は開業したあと、収入は増えましたが、仕事の時間は前と同じように長くて。でも前とはだいぶちがうようになってきました」

「外での付き合いが多くなってきたとか？」

僕は一部の開業医が、しょっちゅう医療メーカーの接待を受けていることを思い出したのだ。

「ちがいます。私もうまく言えませんが、彼は私に対してはずっと優しいままで、でもどこか変わってしまい……生活の重点がなくなってしまったというか」

林雨琦はそう言い終わると、黙って頭を向こう側に向けた。

僕はいつも依頼者とは一定の距離をとる。居酒屋を出た後には、お互いの人生には干渉しない。でもこの時は、思わずいくつか聞いてしまったのだ。

自信からだろうか、疑いからか。それとももっと深い感情のためか、自分自身でもわからなかった。

僕は彼女が何かの気持ちを隠そうとしているのを感じた。

秋の夜はすぐに涼しくなった。地面に落ちている乾いた落ち葉に風が吹き抜けていき、かさかさという音が響いた。運動を終えた僕は、体全体が火照っていたが、この時にはいくらか寒さを感じるまでになっていた。

僕はベンチから立ち上がり、前かがみになって、体を動かした。全身を温めようと。

林雨琦はぐずぐずとして答えなかった。心の中では彼女は今日僕に話してはくれないだろうと思っていた。そこで僕はベンチから立ち上がり言った。「もう遅いから、帰ります……」

　この時黙ってベンチに座っていた彼女が、とつぜん口を開いた。

「今の私は、ずっと憧れていた生活を得たのだから、満足してよいはず。でもおかしなことに……時々自分でも楽しくないと感じるのです」

　林雨琦は両手をきつく握りしめて、震えていた。

　僕は振り返ると、ベンチに座っている彼女の体がゆっくりと縮んでいくのが見えた。

「実は……羅夫人は私にとっては長年の友人で、ずっと一緒に遊んできました」

　林雨琦は頭を低くした。

「ということは隣人同士というだけではなかったんですね」

「彼女は大学時代に一番仲がよかった友人で、授業の時には、いつも私を押して教室に行きました。その時もし彼女がいなければ、私はどうすればよいかわからなかったと思う」

「なるほどそういう関係もあったのですね」

「彼女はとてもよい人でした。彼女が助けてくれたことにはすごく感謝しています。でも、彼女が羅先生と結婚してから、私はどうしてしまったのか……突然自分と彼女の人生を比べ始めてしまい、さらには嫉妬までして、こんなことをするのはよくないと思いますが……でも自分ではそのように考えることを止められなくて、時々そんな自分がすごく嫌になります……」

　林雨琦はそこまで話すと、全身が小さくなり、涙をポトポトと落とした。

「林雨琦……」

目の前にいるこの可哀想な女性は全身が後悔の気持ちに覆われていて、僕はこの時呆然と見つめることしかできなかった。

「健康な体と夫の愛、彼女が持っているすべてのものは私にとってずっとうらやましいものでした。でも今わかりました。あの晩、私は自分の手で自分の人生を埋めてしまったのではないかと……阿識や羅夫人に対してすごく申し訳なく思うのです……」

数分前まで、林雨琦は元気はつらつとしていたのに、一瞬のうちに胸の内に潜んでいた後悔の念に飲み込まれてしまったのだった。

彼女は数秒黙ったあとで、喉奥からむせび声を押し出した。「まもなく、私もガンで死にます。そうでしょ?」

「……」

僕はどのように答えればよいかわからなかった。もし羅夫人がガンで亡くなることになっていたのであれば、人生の台本を取り替えた後の林雨琦は、このような運命から逃れられることはない。

「それでもいいのかも……」

林雨琦は顔面に涙をためて、顔には想像もできなかった微笑みを浮べていた。

7

「まただ！　ほんと頭にくる」

小絵《シアオフイ》は浮木居《フームー》酒屋のテーブルを前にして、テーブルには数十個の木製の長方形が散らばっていた。

それは小絵が最近夢中になっている積み木型ゲームではあるが、デザインは外で売られているものと違っていた。四角の大きさは一緒だったが、重さがそれぞれ若干異なっていた。直立した積み木の塔を作るのであれば、相当な時間が必要だった。

ゲームのルールは順番に積み木を手に取り、続けて積み木を塔のてっぺんに向けて積み重ねていく。もし倒壊せず次の人と交代できれば、うっかり積み木を倒してしまった側が負けになるのだ。

簡単そうだが、外見からその重さは判断できず、だからスキル以外にも、運の善し悪しが重要なキーワードだった。

小絵と凱文《カイウェン》は順番に塔を組み立てていき、注意深く積み木を取った。彼らはこれで今晩九回目の対戦だった。

六対二、凱文がはるかにリードしていた。

今年の冬は早くにやってきた。街行く人々は頭を低くしてさっさと歩いていた。北の国からやってきた観光客だけが、薄手のコートで。

前に僕と林雨琦《リンユーチー》が公園で出会ってから、すでに二ヶ月が経っていた。

この間、林雨琦は浮木居酒屋に現れなかった。僕の方も次第に寒くなったので、公園でジョギングする回数も秋になったばかりの頃のように頻繁ではなくなっていた。だから二人が出会う機会も少なかったのだ。

呉延岡によると、クリニックを開いた羅《ルオ》先生は奥さんが亡くなってから、しばらく引きこもっていたが、今ではふたたび診療を開始したという。別に医者を雇用して、自分はカナダに移住してしまったともいうが、詳しいことは誰にもわからなかった。

「今日はとても寒い」

僕はカウンター付近の椅子に座り、手をもんでいた。

店の中を見回すと、今日は水曜日で、先ほど一組のカップルが帰っていった後は、僕たち四人だけになっていた。

そんなわけで、小絵と凱文は遠慮なく店内でゲームを始めたのだった。

積み木の塔は崩れて大きな音を立てたけれど、誰も気にとめなかった。

僕は呉延岡《ウーイエンガン》がつけてくれた熱燗を飲みながら、温かさが腹の中から四肢へと広がり、とても気持ちよくなった。

「ありがとう」僕は杯をあげ彼に感謝した。

「なんでもない」

呉延岡は自分でも少し飲んでいたが、それは彼の日本にいる親戚が送ってきたものだ。開店祝いの贈り物だったけれど、ずっともったいなくて飲めず、今半分まで飲んだところだった。

呉延岡は暇を見つけては、厨房に戻り、黙々と洗い場で皿を洗っていた。

僕は店内のテレビ番組を見ていた。ＣＭの時には店内をキョロキョロして、二階へとあがる狭い階段をにらんでいた。

「延岡、監督とはどうやって知り合ったの?」僕は上の階を指さした。

「この店を引き継いだ時、監督は上の階の小部屋に住んでいた」

「え?　ということは、監督は大家さん?」

僕はびっくりして呉延岡の方を見て、大きな声を出してしまった。

「そんなふうに言っても間違っているわけではないかも。でも、監督は賃料をとっていないから、大家と借家人の関係なのかどうかはわからない」

「そうだったのか。道理でずっと上の階の小部屋にいるわけだ……」

「そうだね」

「だから監督が示した条件は、きみがワラビのプロデューサーになることだったんでしょ?　そうでなければ、こんなに都合のいい話などない」

「そう」

呉延岡は短く僕の憶測に答えた。

「あの人は神秘的だからね。監督と会ったことなんて何回もないけど」

「え？　直接会ったことあるの？」

彼は大きな目をして言った。手にしていたのは洗いかけの食器だった。

「どうしたの？　今までずっと会ったことがなかったなんて言うの？」

「そうだよ。一度も会ったことなんてないよ。いつもスマホのアプリで連絡を取るだけ」呉延岡は肩をすくめながら、どうしようもないというそぶりで言った。

「そんな大げさな。そこまで神秘的だったなんて……でも、それも理解できる。結局ワラビがしていることを不安に思い、顔を会わせたことのある人が少なければ少ないほどよいと思ったのだろう」

僕は「ワラビの部屋」が何度かしか開かなかったことを思い出した。確かに彼と面会した人は多くない。ワラビに加わろうとした時、僕は上の階でノックした。詳しい方法と考え方などについて聞こうとしたけれど、でも毎回留守で、いつも不在だった。

考えてみるとおかしな話だ。依頼人があがっていった時、彼はいつも「ワラビの部屋」にいる。結局どのようにして過ごしているのだろう。

ガラガラ――

積み木がテーブルに崩れる音だった。

「やった！　やっと勝てた！」

小絵は興奮しながら両手を高く上げて、ずっと喜んでいた。

「ねえ……三回は勝ってる。あまりいい気にならないで」

凱文は頭をかきながら、もともとボサボサだった髪型がさらに乱れていた。

今の時間は夜十時を回ったところ。閉店時間まであと二時間はある。この時、しっかり閉めていたはずの居酒屋の引き戸が突然開いた。

冷たい風がドアから暖かい室内へと入ってきて、ヒューヒューと音がした。

ドアには女性が一人立ち、カーキ色のオーバーコートに、髪の毛は両肩まで伸びていた。化粧はしていたけれど、痩せ気味の顔つきは隠せず、元気がない様子。この寒さの中ここまでどうやって来たのだろう。風が強く吹けば、すぐに倒れてしまいそうで。

ドア近くに座っていた小絵と凱文が頭を向けた。手の動きを止めて、積み木が思わず床に落ち、コンという音を立てた。

「林さん？」

僕は目の前の女性に見覚えがあった。まさに二ヶ月前に公園で偶然出会った林雨琦だ。

小絵と凱文は僕の声を聞いて、目をすごく大きくしていた。続けてこちらを振り向いて僕を見た。口の形はまるで「本当に彼女？」と言っているようだった。

「どうしたの？　早く入りなよ、外は寒いから」

小絵の反応は早かった。大声で呼びかけながら、引き戸を閉め、親切に居酒屋の内側の席に座らせた。その対応はすごく温かな感じがした。

「ありがとう」彼女は小絵に会釈をして、黙って内側の席に座った。

「何か飲みますか？」

呉延岡はやはり冷静で、まるでこうした奇妙な展開を何度も見てきたかのようだった。オーダーをたずねる聞き方は他の客に対するものと何の変わりもなかった。

「ホットのお茶、ください……」

「はい、お待ちください」

呉延岡は短く答えると、すぐに厨房へ戻りお茶をいれた。

彼女はお茶をすすると、痩せこけて蒼白になった顔に血の気が戻ってきた。

「大丈夫ですか？」僕は積極的に彼女の向かいに座り、気になって聞いてみた。

「なんでもないです。今日の状態はいいほうだから。暇があったので来てみると、運次第かと思ったけれど、意外にも店が開いていて、本当によかった」

「だから……本当に羅夫人と同じなの？」

僕はちょっとためらいながら、心の奥にあった心配事を聞いてみることにした。

「うん」

林雨琦は特に反応を示さず、どこかすごくありきたりなことを言っているかのようだった。

でも、皆にはわかっていた。このとき彼女の体に何か症状がでていたことを。

「治療は続けているの？」僕は聞いてみた。

「もちろん。もし治療しなければ、阿識に辛い思いをさせてしまうし……その効果は知っていますよね」

林雨琦は少し微笑んだ。

彼女の笑顔を見ていると、この時にはどうしても同じ笑顔を返すことはできなかった。

心の中では何が起きたのかと思っていた。僕がワラビに加わったのは、もともとは他人が自分で人生を変え、あらためて幸せを得ることを手伝うためだった。事態が複雑になるまで、他人に介入してきたのは続けてほしくない人生だったから。でも目の前の状況は、明らかに当時の自分は想像できなかったことで、胸中では申し訳なかったという気持ちが芽生えていた。

「今日、何か手伝えそうなことはありますか？」

僕は目の前にいる憔悴しきった林雨琦を見て、心の中では他に何が助けることができるだろうかと考えていた。

彼女には少し気持ちを切り替えてもらえればそれでよかった。

「こんなふうに聞くのはすごく変ですが、でも知りたいんです。羅夫人のところからコピーしてきた人生を彼女に返すことはできないのかと。もしできるのなら、彼女は死ななかったのでは……」

林雨琦の願いを聞き、僕は呆然としてしまった。最初、彼女は自分のことでため息をついていたのだと思っていた。羅夫人を人生のサンプルにすべきではなく、そうすればこのような気まずいことも起きなかったのではないかと。

だが予想外にも、この時に弱り切った彼女は、今でもすでに世を去った羅夫人のことを気にかけていた。

どうすればいいのだろう？

僕はもう一度あの晩に林雨琦と交わした話を繰り返した。百パーセント納得しているわけではないけれど、サンプルの対象にされるということは、全然影響を受けないのだろうか。

羅夫人は確かに「ワラビの部屋」に入った後、しばらくして想像もしないような病気で亡くなってしまった。これは何かしらの関係があるのではないだろうか。僕は今になってもどうしても結論を出すことはできなかった。

でも今少しだけ確かなのは、一度死んでしまった人が生き返るのは難しいということ。

僕がそれを言おうとした時、呉延岡の大きな体が音を立てずにテーブルのところまできて、彼女にホットティーのおかわりを注ぎながら言った。「羅夫人はあなたにとってそんなに重要なのですか？　彼女に戻ってきてもらいたいほど重要なの？」

「呉延岡……」僕は低い声で彼に言い、眉をひそめた。

僕は彼がどうしてこのように聞くのかわからなかった。死んだ人が生き返るなどということは、林雨琦には期待させない方がよいということがわからないのだろうか。

でも林雨琦は彼がこういうのを聞いて、黙って懐からスマホを取り出した。画面をタップしてみると、写真をカメラで撮影した画像が出てきた。服装からするとかなり昔のようだ。

写真の中の場所はオレンジ色のグランドのトラックで、中央の芝生には三人が座っていた。その様子は非常に若々しくて、十八から二十歳程度の、明らかに学生だった。

僕は真っ先に真ん中に座っている女子生徒が誰だかわかった。若い時の林雨琦だ。

彼女の様子はあまり大きな変化がなかった。写真の中の彼女は、楽しそうに笑い、明るかった。

写真の中にはもう一人の背が高く痩せた男の子と茶髪に染めたショートカットの女の子がいた。

「これは阿識《アシー》と小妏《シアオウェン》、つまり後の羅夫人」

林雨琦はスマホをテーブルの上におき、ほっそりとした青白い指は少しだけ震えていて、見ていられなかった。

「へえ……この小妏という女の子が、羅夫人なの？」

「本当だ。羅先生のクリニックで見かけた外見と大差ない」

呉延岡はテーブルのところまで寄ってきて一目見た後で、頷きながら頭を下げて言った。

写真の中では幼い小妏が林雨琦の後ろにいた。両手で後ろのほうから林雨琦の肩を抱き、明るくじゃれ合っていた。

その時、ボーイフレンドの阿識は隣に座り、頭をかきながらもじもじした表情をしていた。三人がうれしそうな幸福な様子が、そこで停止していた。写真を通して彼らの友情が伝わってきた。

「きみたち三人はとても仲がいいね」僕は言った。

「これは阿識が大学二年生の時のスポーツ大会で撮った写真です。小妏は私をわざわざ阿識が参加するところまで押し出して。そのときは先に彼には知らせていなくて、競技の始まる一時間前にサプライズをしてあげようと。結果、本当に阿識はびっくりして」

林雨琦が話をする時は、目が輝いていて、今晩の彼女が一番はつらつとしていた時間だった。

残念ながら話した内容は未来のことではなく、変えることのできない過去のこと。

「でも……」

林雨琦はだまってスマホを持ち上げると、少し見てから、画面を消した。

「こんな時間はもうないから。全部私が悪かった。私は小奴のことをうらやむべきではなかった……本当ははっきりしていて、私の暮らしは阿識が診療した多くの人よりも、ずっと幸せなのに……私はわかっていたのに」

彼女は胸の内の強烈な感情を押し殺そうとしていた。

「ごめんなさい。ここに来る前に自分で泣いてはいけないと決めていたのに、でも我慢できなくて……」

「大丈夫です。わかります」

僕は唇をかみながら痛みを感じようとしたけれど、痛みは思ったように伝わらず、静かに彼女のことを見るしかなかった。

「小奴はとてもいい人だから、そういう彼女には、幸福がもともとあって、絶対に今のようになってはいけないのに！　私のせいで……私が悪くて、全部悪くて……」

林雨琦はこのように言うと、目を閉じ、何も言えなくなってしまった。

「林さん……」

僕は小さな声で彼女に言ったけれど、反応はなかった。

彼女は目の周りを赤くして、真っ青な顔と対照的に、それがかなり目立っていた。

その様子は本当に痛ましかった。

「だから……お願いです。私は決まり事を知っていますが、でも一度だけチャンスをください。昔に戻ることができれば……いえ、数ヶ月前に戻るだけでいいんです。私が自分の運命を動かす前に。お願いします……」

でもそれはできないこと。たとえ「ワラビの部屋」に神通力があったとしても、死んだ人はやはり生き返ることなどできない。それは決まりだから。

もしできるのならば、僕はとっくに試している……

僕の表情も暗くなってきた。

「景城《ジンチョン》、本当にどうしようもないの？」

小絵が隣で聞いてきた。

「申し訳ない……」僕は答えた。

みんなは沈黙し、窓の外の冷たい空気が居酒屋の引き戸にたたきつけ、カランカランと小さな音を出していた。

呉延岡も何も話さなかった。ただ静かに厨房でグラスを磨いているだけで。

もともと楽しくにぎやかだった集まりは、皮肉にも非常に静かになっていた。

「ほら、あのさ……景城に聞きたいんだけれど……」凱文は突然何かを思い出したようだったが、はっきりせず、でも諦めずに言った。「林さんは、もう一度「ワラビの部屋」に入ることはできないのかな？　すでに亡くなった人は生き返ることはできないっていうことは、それはわかっているけれど、でも、もう一度自分の人生を修正することはできないのかな？」

僕は呆然としたけれども、すぐに凱文の言葉につられて、呉延岡に言った。

「できるの？　依頼人が「ワラビの部屋」に二度入ることは？」

僕はためらいながら聞いたのだった。

「今までにこんなことが起きたことはなかったけれど、でもルールではダメ」

呉延岡は冷静だった。彼はワラビのプロデューサーであり、メンバー全員の中でも決まり事には一番詳しかった。

僕はまるで大海の中でわらにでもすがるかのように、力を入れて頭を振り向けた。「林さん、本当のことを言うと、羅夫人の人生をサンプルにしたことが彼女の命を奪ってしまったということは、まだちょっと断定できなくて。さっき思ったのは、もしも人生を二度変えることができるのであれば、羅夫人が向き合った運命を気にしなくてもいいのではということ」

「だから小姟を戻すことは本当にできないの？」

「おそらく難しい……」

「それだったら意味ない。しかも、もしもう一度入ってしまえば、……またもう一人他人の人生をサンプルにしなくてはならないし。そうなるとまた人を傷つけてしまう」

「その必要はない。今回は心配しなくても大丈夫」

「どうして？」

「なぜなら「自分自身の人生」をサンプルにするから」

「自分自身の人生？」

「そう。今は羅夫人の人生だから、元の自分の人生をサンプルにすれば、林雨琦という人生に戻ることができる。でも、言い換えれば、将来どんなことが起きるのかはわからないから、完全に自分の未知の人生ということ」僕は胸の中で考えていたことを一気に話した。

「自分の未知の人生……」林雨琦の頬が少し動いた。

彼女は両目を閉じて、何かを考えているようだった。

僕は目の前に置かれたホットティーがゆっくりと湯気を立てるのを黙って見ながら、心の中ではこれはそう簡単なことではないと思っていた。

ふつうの人間からすれば、未知とはある種の恐怖であって、次の人生で続けて何が起きるか知ることはできず、自分でもコントロールすることはできない。霧の濃い森林の中で手探りしながら前進するように、前方に暖かな小屋があるのか、それとも珍しい湖があるのか、あるいは断崖絶壁の滝があるのかもわからないのだ。一歩踏み込めば、地獄の世界に落ちてしまい戻ってくることなどできないかもしれない。

未来が良いのか悪いのかはわからず、一歩一歩探っていくしかない。

「もし旅行の時に、あらかじめ結果がわかってしまったら、面白くないように――」

僕の頭の中では突然若い女性の声が響いてきた。

静織《ジンジー》だった。僕には彼女の声が聞こえたのだ。

いつ母さんと一緒に戻ってきたの？

「もうじゅうぶんだっていうくらい遊びきるまで待ってて――」

本当は、遊びきる日など絶対に来ないのに……

「たぶんそうかもしれない、それでもちょっと待ってて……」

わかったよ。本当に会いたいな……

「……」

頭の中が静かになった。

「よし、決めた」

林雨琦の声は僕がいろいろと考えていた気持ちを遮り、僕を現実に戻してくれた。

「つまり？」

「もう一度部屋の中に入らせて」

「わかりました」

僕は振り向いて鞄を開けると、中からノートを取り出した。そのノートは依頼者の新しい人生の台本だけを書くものだった。

僕は真っ白なページを開き、上のほうから林雨琦の名前を書いた。

ちょうど下にむかって書き続けようとしていた時に、真っ白くほっそりとした手が、ペンを握っていた僕の手をおさえた。

「あの……追加でお願いしてもいいですか？」林雨琦はためらいながら、言った。

「気にしないで。言ってください」

「自分で書きたいんです……いいですか？」

僕は少し戸惑ったけれど、すぐに頷いた。

「わかりました。直接名前の下から、未来の人生とサンプルにしたい人の人生を書いて」

「ありがとう」

林雨琦は感謝して、ずっと礼を言っていた。それから震えた手でペンを握った。

「これで……いいの？」

小絵は僕の隣まできて、顔には不安そうな表情が浮かんでいた。

「安心して。まずいことにはならないから」僕は言った。

林雨琦はゆっくりと書いていった。彼女は注意深く一画一画ノートに書き込んでいた。自分の未来の新しい人生を書き込もうと。

もしかすると、これは彼女が一生で初めて真剣に自分の運命について考えたことなのかもしれない。

僕は一度きりの彼女の人生を奪いたくはなかった。

彼女は時間をかけて書き終わった後で、ノートをちぎり、僕にむかって会釈し合図した。

「そうだ。林さん、水をさすつもりではないんですが、「ワラビの部屋」のルールを知っていますよね……」

そう話したのは呉延岡で、彼は厨房の後ろから小さな声で言った。

「ええ……知っています。でも、この前に全財産を払ったので、私にはもう残っていません。これがすべてです……もし少ないというのであれば、すぐに家へ戻って探してきます」

彼女はそう言うと、急いでピンク色の長財布を取り出しテーブルの上に置き、鞄に他には金目のものがないか探そうとしているところだった。

「これでもうじゅうぶんですよ、ありがとう」

呉延岡は頷き、また調理台のほうへ注意を向けた。

「本当？　すみません……」

「大丈夫。必要なのは財産すべてだから、多いとか少ないとかは関係ない」

「ありがとう」

「準備ができたのなら、上にあがりましょうか」僕は体を起こして言った。


「ワラビの部屋」に通じる階段はとても狭く急で、ふつうの人は手すりを伝わってのぼっていくのがやっとだった。

林雨琦の体力はかなり落ちたみたいだったけれど、前に進むスピードは以前よりも増していた。しばらくあがると、「ワラビの部屋」の木製ドアの目の前に着いた。

「初めて来たわけではないけれど、でも毎回不思議に思う。世界にこんな場所があるなんて」

彼女はドアを見つめてうれしそうに言った。

「そう。毎回来るたびに、同じように思う」僕も彼女の話を聞いてこう言った。

腕を伸ばしてドアのそばの獅子の口に触れ、ひんやりと冷たい鍵を探した。外の気温が下がったのだろうか、僕は鍵がふだんよりもだいぶ冷たいと感じた。

林雨琦は自分で書いた運命を、注意深く手に握っていた。

「お願いします」

彼女は僕を見て、ドアの方にもう一歩近づいた。

「わかりました。ちょっと待って」

僕は鍵を木製ドアに差すと、ドアの向こうからはフローリングの上を歩く足音が聞こえてきた。

「来ましたね」ドアの向こうからは低い男の声が聞こえた。

監督の声だった。

「ワラビの部屋」の木製ドアから「キー」という摩擦音が聞こえた。

監督はドアの奥に立ち、そのまなざしは遠くの方を見ていた。装いは僕が考えていたものと大差なかった。だいぶ年寄りだ。ただ今回はっきりと見えたのは、監督は僕たちの方を向き、にやにやと笑っていたのだ。

僕は監督が林雨琦を見ているのか自分を見ているのか、あるいは同時に両方を見ているのか、わからなかった。

その一瞬、僕はどんな反応をすべきかどうかわからなくなってしまった。

「まだそこに立っているの？」監督は急に口を開いた。

「早く入ろう」僕は我に返ると、すぐそばに立っていた林雨琦をせかした。

彼女は僕に深く一礼し、僕も彼女にむかって会釈し、彼女の肩を支えながら軽く押してあげた。

僕の手のひらからは彼女の体のぬくもりが感じられ、コートの下の両腕はとてもか細かった。

おそらく、もう彼女には時間が残っていないのだろう……

林雨琦はその時間の中で「ワラビの部屋」を前にして、足を踏み込んでいった。

ちょうどこの時、僕は突然ワラビが人生の台本を書き換えることへの疑問を抱いた。心の中で自分はどうして今、白黒をはっきりさせないんだろうと思っていた。

「監督。ひとつ聞きたいんですが……前に林さんが羅夫人をサンプルにしたあと、羅夫人はすぐに亡くなってしまいました。それは「ワラビの部屋」と関係があるんですか？」

僕は木製ドアを押さえ、扉を閉じたくはなかった。

監督はこちらを振り向くと、意味深長な表情を見せた。

「羅夫人の人生をサンプルにして、命を奪ってしまったということ。それは私が適当に話を作っていると思ってるんでしょ」

「はい」

「私たちがやっているのは、外在的な影響を少し受けるだけで、根本的な部分が簡単にも変わってしまうということ」

「でも……羅夫人は……」

「きみは羅夫人の人生の方を書き換えたいの？　そうじゃない。はっきりしてるよね」

僕はとまどってしまった「はい。そうですが……」

「それならいい」

監督の話は終わり、「ワラビの部屋」の木製ドアは急にしまった。

目の前で監督と林雨琦が暗闇の中に消えていった。

8

「どう？　大丈夫かな？」

僕は階段を降りて、浮木居酒屋の店内に戻った。呉延岡《ウーイエンガン》の作業は一段落し、小絵《シアオフイ》と凱文《カイウェン》はテーブルの隣で、テレビを見ながら酒を飲んでいた。

テーブルには林雨琦《リンユーチー》がおいていったピンク色の財布が残っていた。

「たぶん大丈夫」僕はそう言い、監督と話したことは特に言わなかった。

皆はこれを聞いて、安心したかのようだった。

その時だった。居酒屋のドアのほうで騒ぎがした。

バタ、バタ、バタ、バタ、バタ！

先を争う足音が聞こえてきた。

続けて居酒屋の引き戸が力強く開けられた。もう十二時に近く、店を訪れる客も多くはなかった。特にこんなに天気の悪い平日の夜は。でも、呉延岡は気を取り直して言った。「いらっしゃい――」

冷たい風が店内に入ってきて、ドアのところには真っ黒のウインドブレーカーを着た男が立っていた。

彼の体つきは背が高く、髪の毛は少し白くなっていたけれども、顔立ちをみると三十歳前だ。若々しかったけれど、その瞳は疲労でいっぱいだった。

「雨琦は？」

男はテーブルのうえに置かれた財布をみて、いそいで訊ねた。

僕は目の前の男が、林雨琦の夫、阿識《アシー》だとすぐにわかった。

まわりもすぐに目の前の人がわかったのだろう。目を大きくして、どうしてここを探し出せただろうという感じだった。

「あの……陳《チェン》先生、ここにかけてください。外は寒いでしょう」

僕は席をつめた。記憶では、林雨琦の夫は陳という名字だった。何度か彼が開業したクリニックの前を通った時に見かけていたのだ。

阿識は向かいに腰掛けた。

「どうなってるの？　彼女は？」阿識は焦りながらテーブルの上の財布を握りしめ、続けて問い詰めた。

「そんなに焦らないでください。何が起きたんですか？」

呉延岡が彼にお茶を注ぎ、ゆっくりと言った。

阿識は自分のスマホを取り出し、そこにはアプリの画面が出ていた。

三人でグラウンドで撮った写真だった。

先ほど林雨琦が取り出して皆に見せたのと同じだ。

「妻は夜、小妏《シアオウエン》に会いに行くと言って！　私と彼女に申し訳ないと。でも、何を言っているのか全然わからなくて。小妏が少し前に亡くなったことも知らないのだろうか？」

阿識の感情はひどく乱れて、話し方が速くなった。

僕は周りと目をあわせ、ちょうど口を開こうとした時に、阿識が低い声で遮った。

「もし……もし雨琦が彼女に会いに行くなら、それは自殺するということだから……」

阿識はここまで話すと、その声には嗚咽が混じっていた。

「陳先生、冷静になってください」僕は彼の感情をなだめようとした。

「どうやって冷静になれと。全然知らないでしょう。この数年彼女の治療のために、医療センターでの研究にどれだけ時間をかけてきたか」

「ええ、その気持ちは理解できます。でも、実は、奥様が必要としているのは……」

「そんなことはわかっています。私も雨琦の気持ちがわからないわけじゃない。彼女は私が彼女のそばにいることを願っていたけれど、でも私はいい治療のために、その気持ちを考える暇さえなかった……少し前に自分の足で戻ってきて、すごくびっくりした。私は本当にうれしかったけれど、でも何が起きたのか全然わからなくて！」

阿識はドアをくぐると大声を出した。この数年、彼が静かに林雨琦のために注いできた思いを、全部爆発させたのだ。

「きみたちが何をしたのか全然わからないけれど、でも彼女を私のところから奪わないでくれ。私には雨琦だけだから……」

一人の大男が目の前で幼い女の子と同じように、ずっと涙を流していた。

「何を言ってるの？」

小絵は隣から頭を突き出し、まるで彼女には理解できないようだった。

陳先生は頭をあげて、ぼうっと彼女を見た。

「彼女のことを治したいっていうけれど、でもずっと自分のことしか考えてないでしょ」

「黙れ！　きみは誰なんだ」陳先生は涙をためながら憤っていた。

「私のことなんてどうでもよくて、ただあなたに伝えたいだけ。全然奥さんの気持ちをわかってない。林さんが必要としているのは、あなたに一緒にいてほしかったからで、だから友人の羅夫《ルオ》人のことをうらやんで。健康な足だとか、クリニックの開業だとか、何を言っているの？　昔不幸にも林雨琦に怪我をさせてしまったというトラウマに苦しんでいるだけでしょ。この何年かの努力なんていうのは、昔のことを償おうとしているだけ」

小絵の言い方は時々とてもきついところがある。呉延岡でさえも口をはさめないくらいで、でもこの時には、皆は小絵に好きなだけ言わせていた。言いたいことは何でも言わせて、彼女を止める必要なんてなかった。

陳先生は小絵にこのように言われて、突然どう返事をすればよいかわからなかった。怒りは次第に半分に消え、椅子の上でだらりと座っていた。

「陳先生、大丈夫？」僕は聞いた。

「私が間違っているとでも言うんですか？　いったい雨琦に何をしたんだ？」陳先生はぼうっとして、彼女がテーブルのうえに置いた財布を眺めながら、静かに言った。

僕は上の階の「ワラビの部屋」まで延びる階段を眺め、胸の中ではだいぶ時間がたったなと思っていた。でもすぐに林雨琦が逆に自分で未来の人生の台本を書きたいと言ったことを思い出したが、心の中では不安になっていた。

この時、僕の頭では急にある考えがひらめき、すぐに鞄から鉛筆を取り出した。

僕は林雨琦が破ったあのページに続けて、その上から大きく線を引いた。ページ全体が鉛筆の線ばかりになった。

陳先生は僕のことをあぜんと見ていて、何をしているのかわかっていなかった。

数秒後、僕はめちゃくちゃに線を引いたノートを見ながら、大きくため息をついた。

「大丈夫」

僕は薄笑いをやめ、鉛筆の線でいっぱいになったノートを、皆に見せた。

9

壁の時計が静かに夜十二時半を回った。テレビのニュースはすでに再放送を一巡し、皆は居酒屋のテーブルの近くで座ったり立ったりしながら、誰もおしゃべりはしていない。

呉延岡《ウーイエンガン》と凱文《カイウェン》は外の看板を室内に移した。

通りの観光客の姿は消えて、路地の入り口には絶えずまたたくネオンが光り、道行く人に夜道の注意を促していた。

その時、上の階から突然フローリングの床をたたく音が聞こえてきた。

コッ……コッ……コッ……コッ……

その音は間隔を置いてゆっくりで、遠くからますます近くなってくるに従い、重たく沈むように響いた。

皆お互いに注意力を二階に延びる狭い階段にむけていた。

階段の角に、突然人影が現れた。

コートを着た女性が、なんとかして手すりにすがろうとしている。彼女の歩幅はゆっくりで、しかも歩く姿はかなり苦しそうで、足は明らかに不自然だった。でも彼女の顔は血色よく元気で、少し前に入ってきたばかりの時のように、蒼白で倒れてしまいそうな様子ではなかった。

林雨琦《リンユーチー》は元の人生を取り戻したのだ。行動に不便な自分の人生を。

「阿識《アシー》、ごめんなさい、心配かけて……」林雨琦は階段の上に立ち、夫のことを見つめながら申し訳なさそうだった。

「雨琦！」

阿識はあぜんとしていたが、それから妻の名前を呼び、階段にむかって走っていくと、しっかりと林雨琦を抱き上げた。彼女が階段から落ちてしまうのではと不安だったのだ。

「ごめんなさい、また元に戻ってしまって……」

「そんなことない、戻って来ることができたのだから、それでいい……突然いなくなって、本当にびっくりした！」

「うん……」

「それから……すまなかった。前は全然知らなかった。許して」

阿識は頭を下げ、苦々しい表情をした。

「私も。今まで全然気づかなかった」林雨琦も少し止まって、それからものすごく小さな声で言った。「小奺《シアオウェン》、戻ってこないって」

阿識はその意味がわからなかったけれど、ただ長年の関係から、多少のことは推測できた。林雨琦はずっと共通の友人である小奺のことをうらやんでいた。このことは彼はとっくに知っていた。阿識は林雨琦の気持ちを気に留めず、彼女の体を治療することばかり考えていた。他のことは、健康が恢復してからにしよう、ある程度の治療と貯金ができてから、林雨琦の願いを叶えようと思っていたのだ。

でも、人はそれぞれ大事にしたいことが、皆ちがう。

並べ方も異なり、やり方も異なるので、往々にしてお互いの要求は一致しない。

一滴一滴と積み重なった期待と失望が、壁を打ち破って洪水となるのだ。

「実は小奺はずっときみの体を気にしていた。いつも僕のところにきて、きみの様子をうかがっていた」阿識は頭をあげて、冷淡に言った。

「わかってた……ずっとわかってた。でも自分が変わってしまって、変わったのは私で、彼女の気持ちに応えることができなかった。しかも嫉妬までして……」

「もういい。すでにすぎたことだから。もし彼女が今きみのことを見かけたら、天国でも安心できないと思う」

「阿識……」

「僕たちは小妏の性格を知っている。彼女のために、がんばらないと」

「うん、これからもお願い」

「きみはもうじゅんぶん頑張っているから、これからは一緒に頑張ろう」

「うん」

林雨琦は夫の支えのもとで、ゆっくりと一階まで降りた。

二人の目は同時に涙をため、オレンジ色のランプの光で、頰の筋が光っていた。

僕と呉延岡は目を合わせ、黙ってテーブルのノートを閉じた。

ノートは僕が黒く塗り潰していた。

林雨琦の筆圧で、彼女が書いた文章は次のページに浮かび出ていた。そこにはこう書かれていた。

――私は林雨琦。私は元の自分の人生を戻したい。満足したものではなくても、でもそれは自分の人生だから。自分だけが走り抜けられるから。

阿識と林雨琦を送ったあと、すでに深夜一時をまわっていた。

小絵《シアオフィ》と凱文はとっくにあくびをして、ゆっくりと自分の家に戻っていった。

僕は居酒屋の入り口で、外気がだいぶ下がったのを感じていた。

「監督に会えたの？」呉延岡は聞いた。

僕は頷いた。

「だから羅《ルオ》夫人の死は林さんと関係なかったでしょ？」

「とっくに知ってたの？」僕はびっくりして振り向いた。

「うん。彼女が書いた文章を見てそう感じたんだ」

「確かに。羅夫人の死は誰のせいでもない。それは彼女の人生だから。残念ではあるけれど、それが事実」

「そう」

呉延岡は居酒屋の引き戸を閉め、夜半に扉がきしむ音が大きく響いた。

次の瞬間、また深夜の路地の静けさがもどってきた。

第2章　暗闇に覆われた英語教師

1

十二月、台北の通りは、あたり一面がクリスマスの雰囲気にあふれている。

今年は寒流が来るのが頻繁だったからだろう。よく最低気温を更新していた。町を歩く人々は色とりどりの装いで、さまざまな分厚いコートを着ている。亜熱帯の台湾で、こうした非常に寒い冬はそうあることではなく、すでに年越しの雰囲気が色濃かった。

今日は週末で、浮木《フームー》居酒屋周辺の水道管工事のために、呉延岡《ウーイエンガン》はいっそのこと店を一日閉めることにした。珍しく休暇を得て、彼は皆を連れて台北市の信義区［台北市東部の繁華街］周辺をまわり、気分転換しようとした。

「懐かしい。居酒屋経営をはじめてから、こんな感じで町を歩くこともなくなった」呉延岡は感心しながら言った。

ダークグレーのコートをまとい、背の高い彼が、信義区商業エリアの遊歩道を歩くと、人混みの中でも、明らかに目を引くのであった。

「日本のクリスマスは面白いでしょ？」

僕は日本のテレビドラマに出てくる情景を思い出した。皆どれも美しいクリスマスツリーの場面だ。

この数年、台北各地の商業エリアでは、ＬＥＤを町中の装飾に使っていた。きらびやかに輝く光は町全体をじゅうぶん美しく照らし、クリスマスの雰囲気を作り出し、たくさんの観光客を引きつけていた。

「そうだね。祝日の雰囲気が濃くて、夢の中みたい」

呉延岡は頭を傾けて前に日本に住んでいた時のことを思い出した。

「ははは、その口から夢なんていう言葉が出てくるなんて、縁起悪い！」

隣では小絵《シアオフィ》が騒いでいて、彼はバツが悪くなって頬のひげをなでた。

「日本のクリスマスは台湾のとはちょっと違うよね。何かを食べるって言っていたけど……結局、何を食べるんだっけ。忘れちゃった」

小絵は頭を傾けて、真面目に考え出した。一見すると何か深刻な問題を真面目に考えているかのよう。

「フライドチキンとストロベリーケーキ」呉延岡は言った。

「そう、そう。それ！」

小絵は大笑いしながら、手をたたき、食べ物に話が及ぶと彼女の興味は誰よりも強くなるのだった。

「台湾で中秋節に皆でバーベキューするのと一緒。その由来までは知らないけれど」静かに隣を歩いていた凱文《カイウェン》が急に言った。

僕は黙って目の前の三人を見ていた。彼らはこんな感じでこちらで一言、あちらで一言と台湾と日本の間での祝日のときの飲食の違いを議論していた。

この時、自分で思ったのは、僕らは皆、まがりなりにも働いているけれど、でも地下組織のメンバーでもあるということ。人殺しなど天にも背く大きな犯罪はしていないが、でもその手段は明らかに法律のグレーゾーンを行くものだ。しまいには法律では認められない行為までやってしまい、ワラビに助けを求める依頼人を満足させるためだけになってしまう。

加入したての頃、僕が依頼人に代わって書く台本は多くが怪しげなものだった。でも、何度か協力するうちに、こうした仲間の力がわかってきて、自分でやると決めるとますます制約を受けなくなった。時には、以前の依頼案件をネット上の創作小説の結末に使って、小絵と凱文に本当に演出させたりもした。

また別の日には、僕はすでに決着のついた依頼案件を小説にリライトし、ネット上で連載してみた。現実と虚実が入り交じったプロットでは、社会で実際におきた出来事をすぐに反映させることができる。ネット上では初日から読者数が日に日に多くなっていった。

ネットのバーチャルな世界で、僕は静織《ジンジー》と母の二人を作り出した。二人の役柄を産み出すのだ。

もう何度一緒に冒険の旅を僕にさせたのかわからないけれど。
僕たち一行は――闇のメンバーだ。このように思いながら台北信義区の繁華街を歩いていたけれど、周囲の人が押し寄せてきて、もう誰が誰だかよくわからなかった。それでも、クリスマスを祝う気分がこの人混みで台無しになることもなかった。公平にここにいるすべての買物客がそれを楽しんでいるのだった。

繁華街の広場の中央には、五階建てに相当するような高さのクリスマスケーキが置かれている。輝くシャンパンの泡。広場に入ってきた買物客は、もう一つの別の世界に入ってしまったかのような感じを覚えてしまう。まるで巨大な夢のバブルの中にいるように。

この時、クリスマスツリーの向こう側から騒ぎ声が小さく聞こえ、その場の美しい雰囲気を壊してしまった。

前に見える二人は華やかな服装をしたカップルだ。有名ブランドの革製バッグを提げ、車椅子に座ってチューイングガムを売っている初老の男にむかって怒鳴っていた。老人の背中では外国人労働者であろう女性が立ち、ずっと腰を曲げて謝り、二人にチューイングガムを渡していた。まるで罪滅ぼしのように。ただその若い女に嫌がられて無視されていたけれど。

地面には散らばった飲み物が見えた。若い男が持つものと同じ店のものだ。

どうやら、老人の車椅子が不注意にも女の子の飲み物にぶつかったことから始まったトラブルのようだった。

「本当にすまない……彼女はわざとじゃない。これをきみたちにあげるから……」

老人は車椅子のために立つことができず、でも、いつまでも誠意をもって謝っていた。

「いらない！　私がどれだけ時間をかけて列に並んでこの店の飲み物を買ったのかわかるの！」

女の子はまったく聞き入れない様子で、そのため周囲の注目を浴びていた。

僕たちももちろん気づき、お互いに目配せした。

呉延岡は背が高く、眉間にしわを寄せて、前のほうに出て行こうとした。

「待って」僕は彼の肩を押さえ、視線を送りカップルの後ろを見るように言った。

僕の視線の先には、灰色の背広を着込んだ四十歳ほどの男性がいた。四角い顔つきで、まるでサラリーマンのおじさんのよう。

彼はカップルの後ろに立ち、軽く女の子の肩を叩いた。

「ねえ、きみはどこの学校の子だい？　お年寄りじゃないか。暮らしむきだってよくないのだから、言い争うのはよしたら？」背広姿の男は二人に目をやり、口調はやさしく言った。

「関係ないでしょ。野次馬はやめて、気持ち悪い」

隣の若い男が背広のおじさんを押した。

「わあ……」

おじさんは重心を失い、頭から転んでしまい、その勢いで男の子のリュックをひっかけ、地面に引き倒してしまった。そのために注目の的となり、カップルはますます頭にきて、またバツが悪かった。

「何するんだよ！」

男の子は地面から立ち上がると、周囲の視線を感じて恥ずかしくなり、罵った。

「行こう、行こう！　歩いていただけなのにとんでもない目にあった。ねえ、行くよ！」

女の子は周囲の視線から、状況が劣勢であるのを感じとり、男の子を急いで立たせて、ＭＲＴの方にむかって歩いて行った。

「大丈夫ですか？　怪我はないですよね……」車椅子の老人が聞いた。

「大丈夫、大丈夫。時代は変わった。今の子供は本当にマナーが悪い」

背広のおじさんはズボンについた砂埃をはたき落とすと、薄笑いを浮かべ、何かを思い浮かべたかのように、老人の両足のうえに置いたかごの中の商品を指さし、何か買おうとした。

「おつりはいりません。みんな大変だから」

背広の男はチューイングガムを選ぶと、紙幣を一枚老人に渡し、お辞儀をして去って行った。

それはなんと、数秒のことだった。

周囲の野次馬もぞろぞろと立ち去り、広場では相変わらずクリスマスの曲が流れていた。群集が一つ、また一つと去って行き、まるで先ほど何も起きていないかのようだった。

僕たち数人はちょうど、この一部始終をその隣で目撃したのだ。

「あれ……見た？」

僕は声を低くして隣にいた呉延岡に聞いた。

もし見間違えでなければ、先ほど背広姿の男が男の子を引き倒したとき、リュックからこっそりと青い革財布を抜き取り、それを背広の胸元に押し込んだのだ。

先ほど老人からチューイングガムを買ったお金も、盗んだ財布から取り出したものだろう。

「うん。確かに」

呉延岡は頷き、口元は笑っていた。

「手慣れていたね。まるで初めてではないみたい」

「こんなやり方は、僕は台北では初めて見た。東京のように人混みの多いところだとよくあるらしいけれど」

僕の表情は真剣だったけれど、でもそう言い終わってみると、自分では笑えなくなっていた。

「あれ……」隣でずっと黙っていた凱文が、突然口を開いた。

「どうしたの？」

「あのおじさんに会ったことがあるような」

「え？　うそ？」僕は少しびっくりした。

「私もどこかで見たことがある」凱文の話を聞いて、小絵も言った。

「え、そんなに偶然なの？　もしかして同じ所で偶然会ったわけではないよね」

僕は振り返って、背広姿の男の影を追った。でも、今日は祝日のため人通りが多く、その行方はわからなかった。

「この前に話した酔っぱらいの金持ちのこと、まだ覚えてる？」

「もちろん。きみと凱文は後日その人の家まで行って……あれ？　だからその時に会ったの？

……」

「そう！　さっきの背広の男、あの日富豪の家に忍び込んだ時に出会った泥棒の一人かも。あの晩はマスクをしていたけれど。それに、凱文は手を怪我させられたはず」

小絵は両手を腰にやって、当日の様子を思い出そうと頑張っていた。

「俺も同じこと考えていた。ただあのおじさんはちょっと痩せていたね。あれからまた会うなんて思いもよらなかった」

凱文はそう言い、皆は思わず頷いた。

この時、広場の周囲の明かりが消え、ステージの隣にいた司会者が優雅にあがってきた。明るくジャンプして、イベントがまもなく開始されるのをアナウンスした。

皆の注目はすぐにステージ上に移って、歓声に満ちた雰囲気がその場を盛り上げた。

続けて、バックミュージックが突然鳴り響き、ステージの下にいた人々は皆顔をあげ、期待に満ちた表情で、背の高いクリスマスツリーを眺めていた。どんな仕掛けの明かりがきらめくのだろうかと。

2

夜七時の浮木《フームー》居酒屋は食事をする人で満杯だ。

先週末は告知なしに店を閉めてしまったので、多くのお客さんに無駄足を踏ませてしまった。そのためちょうど店の前を通りかかった人々が今日開いていることを確認すると、店に入ってきては食事をとったのだ。今晩の店はとても繁盛していて忙しかった。

呉延岡《ウーイエンガン》は幼い頃に日本で育ち、日本人の厳格な所作を覚えていたが、でも時々思うままにやる時もあった。彼の言い方によれば、こうすることで暮らしの均衡を保つらしい。きつく張った弦が時々緩むかのように。

どんなことにも二面性はあり、それは人も同じなのだ。

今日僕は病院のニュースレターを書くために、何人かの医療スタッフをインタビューしたけれど、身体的あるいは精神的な疲労は誰もが抱えていた。だから店まで来て何か飲もうと思ったのだ。

もともと外で少し待とうとしていたけれど、でも見慣れた人影が見えたので、追いかけることにした。

「きみも来ていたのか」僕は椅子に座った凱文《カイウェン》にむかって笑いながら言い、彼の隣に腰を下ろした。

「ああ、うん。そう」

凱文はどもりながら、もともと話し好きではないけれど、でも今晩は反応を示してくれた。

片手で長い柄の金属スプーンを持ち、何か物思いにふけりながら目の前のレモンサワーをかき回していた。まるで僕に考えを邪魔されたかのように。

「何を考えているの？　今日ちょっと変だぞ」

「何でもないよ」

彼はすぐに返事をしたけれど、でも手を動かすスピードはますます速くなっていく。

僕は凱文にちょっと目をやり、何も言わなかった。忙しい呉延岡に手を振り、カツ丼と生ビールを注文した。

「まだ飲める？　ちょっと付き合ってくれない？」僕は言った。

「うん、いいよ」

「延岡、二杯に変えて。ありがとう！」

呉延岡は僕を見て頷き、また忙しく戻っていった。

今日の店内は人が多く、話し声がうるさかった。しかも外国の観光客も来ていて、そのため店内ではさまざまな言語がとびかっていた。店内にかかる音楽のように。

夕食を食べながら、テレビに映るスポーツの試合を見た。

「女だろう？」僕は笑いながら聞いた。

「え？　そんなことない」

「そう？　でもそんなふうに見えたけど」

「勝手に言わないで。考えていることとちがう」

「じゃあ家族のことかな？」

「……」

「図星か」

「わかるはずないだろ」凱文はグラスのビールを置き、心の中では疑っていた。

「簡単だよ。あらゆる悩みは人と関係があるものだから。きみはよくできるから勉強で悩むことなんてない。お金にも困ってないし」

「そう言われればそう」

「だから……本当に家族のことなの」

「うん」

彼はため息をつきながら頷いた。

「家族の誰？」

「父親」

凱文は急にそう言った。彼はこの時初めて自分の家庭の事情について話してくれた。

僕に他人のプライバシーをのぞく癖があるわけではない。ふだんもゴシップなど好きではないし。でも、凱文が積極的に話そうとする姿を見ていると、本当にびっくりしてしまい、好奇心に駆られるのだった。

「話してみる？」

「わかった」

凱文はとまどいながらも、心の中に隠していた悩みが僕に見破られた時、引き続き悩む必要もないようにも思えたのだ。

「おやじは俺が台湾にいることを知って」

「え？　そうなの……」

凱文はひとりで台北にいるような感じがしていたので、家族は彼の行き先を知っているのだとばかり思っていた。思いもよらぬことに、彼はずっと隠していたのだ。

「小さい時に、家族と一緒にアメリカに渡った。おやじはアメリカで教授になり、俺が将来研究機関に入って仕事をすることをずっと期待していた。給料がいいとか仕事が安定しているとか言って。俺は順調に大学に進学して、成績もよいままだったけど、でもつまらなくて、ちっとも面白くなかった。早く世界各地を見てみたかったけど、でも反対されて。そこで嘘を言って、一人で台北に戻ったというわけ。もう一年がたつけれど」

「その間に家族とは連絡取らなかったの？」

「取らなかった。おやじは台北で知り合いが多いから、見つかったら大変だった」

凱文は頷いて独り言を言っていた。どうやら、彼は自分でもこれはよくないと思っていたらしい。

「じゃあどうしてきみがここにいるとわかったの？」

「わからない。でもおやじにはわかった。一ヶ月以内にアメリカに戻れと言ってきた。そうしないと台北に来て連れ戻すって」

僕は凱文がこんなにしょげているのを見たことがなかった。知り合ってから、彼は話し数こそ多くはなかったけれど、でも周囲に与えるイメージは大きな男の子といった感じだった。

きっと彼の父は相当に厳しく、仕事のできる人なのだろう。さもなければ、凱文はこんなに賢くて、よくできるのだから、そんなことで頭を悩ませる必要なんてないはず。おそらくきっと何か別の深い理由があるのだろう。

「じゃあ、今は？　どうしようと思っているの？」

「わからない」

「そう？　本気？　一ヶ月後にここに来るっていうのは？」

「たぶんそう。でも……帰りたくない。ストレスが大きすぎる。危険な依頼を多く受けるほうがまだましで、帰っておやじと向き合いたくはない」

「そう」

僕は彼を助けてあげたかったけれど、でも考えてみると、隠れて向き合わないことを勧めるのは、問題の解決にはならない。どう凱文に答えようかといろいろと考えていた時、サラリーマン風の客に考えを邪魔された。その男はだいぶ長い間、僕と凱文の後ろに立っていたらしい。

今晩店内は客が多かったので、この客は会計を済ませるのに、一向に呉延岡をつかまえることができなかったのだ。男は何度かカウンターまでやってきて、厨房の方をのぞいていた。

男は礼儀正しく、大声を出すことはなかった。不機嫌な表情を顔に出すこともなかった。ただ黙ってカウンターの近くで待っていた。

僕は呉延岡が厨房で調理するのに忙しいのを見ると、振り向いて客の代わりに会計を手伝ってあげた。その時、相手の顔に視線を落とすと、びっくりした。

この間、信義区の繁華街で見かけた背広姿の男だったのだ。

おそらく僕が振り向いて驚く表情が大げさだったのだろう、男に気づかれてしまった。

「たくさんお客さんが入っていますね、弱ったな」

背広姿の男は丁寧に僕にむかって頭を下げた。そして視線をもう一度厨房の奥の方に移して、黙って呉延岡が出てくるのを待っていた。

「景城《ジンチョン》……」

凱文の顔つきを見ると、彼も気づいたようだ。急いで向こうを向いたのは、あの晩に怪我をさせたのがこの男ではないかと不安だったから。

「お会計かわりにやりましょう」僕は席から立ち上がり、背広姿の男の手から伝票を受け取った。

「よろしいですか？」

「安心してください。店長は僕の友人ですから。ほら、大丈夫」

僕は伝票を高く上げ厨房のほうを向いて大声で呼んだ。呉延岡は頭を突き出し、手でオーケーのサインを出し、また厨房の奥へと消えてしまった。

「それならいい。お願いします」背広の男は笑いながら言った。

僕はカウンターの隣に立ち、男の手から現金を受け取りながら、男の胸ポケットにかかっている身分証に目が行った。

「先生ですか」

背広の男は僕の視線を追いながら、「あ」と言った。自分の身分証が表に出ているのに気づくと、すぐにポケットの奥の方へと押し込んだ。

「そうです。近くの小学校で英語を教えています」

「すごい」

僕は口先ではそう言ってしまったが、心の中では考えていた。最近の教師は盗みを働くまで落ちぶれてしまったのだろうかと。

こんなのあまりにも皮肉すぎる。

僕は前に男が財布をかすめ取った場面を思い起こしていた。その動作はとても敏捷で、目の前にいる優しそうなおじさんとは全然一致しない。

「はい。おつりです」

「ありがとう。お手数をおかけしました」

男はそう礼を言った後、小銭を財布の中に放り投げた。

財布は黒色で、前にあの若い男から盗んだブルーのものとはちがう。

「あの……常連のお客さんですか？　いくつかうかがってもいいですか」

背広姿の男は振り向いて数歩歩き出していたが、この時にまたこちらへと戻り、顔にはバツが悪そうな表情を出しながら聞いてきた。

「どうぞ」

「あの……こんなことを聞くのは、とても変ですが、でもやはり聞かずにはいられませんので……」

「大丈夫。おっしゃってください」

「居酒屋には不思議な部屋があって、人の運命を変えられると聞きました……それって本当ですか？」

背広姿の男の瞳は期待であふれていた。男がこんなことを聞くなど思いもよらず、一瞬どのように答えたらよいかわからず、指でカウンターのテーブルをたたいていた。

隣にいた凱文は背広姿の男の話を聞き、口の中にあったビールにむせて、ずっと咳をして涙を流していた。

「あ、すみません、すみません。外でよく聞く噂だと思っていましたので、ついでにお尋ねしただけです。おかしいですね」

「大丈夫。初めて聞かれるときの反応はいつもこんな感じです」

「そうですか。あれ？　嘘でしょ……だから本当なの？」

男は身を乗り出して前かがみになり、すっとんきょうな声を出し、目を丸くした。

居酒屋の店内の客はその声に気づき、皆カウンターのほうを振り向いた。

呉延岡にも聞こえ、厨房から顔を出したが、特に気にすることもなく、また調理へと戻っていった。

ときどき客は飲み過ぎて、大声をあげることもあり、それは居酒屋で珍しいことではない。他の客も何事もないのだと知ると、また大騒ぎし始めた。

「本当ですか？　本当にこんなところがあるんだ」

背広姿の男は信じられず、もう一度聞いた。ただ今度はだいぶ小声で、他の人に聞かれたくないというような表情をして、何度も振り向いていた。

「本当です」僕は背広姿の男に微笑んだ。

「そんな！　どうしよう……」

彼は額に手を当てて、こちらがこんなにも簡単に答えたのが信じられないかのようだった。まるで店内サービスの一つで、メニューには表記されていないけれど、客が尋ねて、何も隠し事などないと答えたかのようだった。

「知りたいですか？　もちろん、無料ではないですけれど」

「有料ですか？」

「はい。一番わかりやすく言うと、全財産を差し出す必要があります」

僕は興味を持った客に聞かれた時、いつもこの規則を先に答える。後から後悔したり、お互いに無駄な時間になったりするのを防ぐために。

「全財産ですか……」彼は低い声で言った。

「はい。でもあなた個人の財産でいいんです」僕は補足説明した。

「なるほど。今までに生きてきて貯めた成果を、全部削って、ゼロに戻す。運命を変えるのはそんなに簡単なことではないですね」背広姿の男は頷きながら言った。

「なんだか、おじさんはもう覚悟できているようですね」

ずっと隣にいた凱文が、ついにしびれを切らせて声を出した。

「え……そうかな？　どういうことかな」

背広の男はそう言いながら、笑いはじめた。この時に人に与える印象は、全然自分の人生に絶望しているようではなかった。でもそれは僕の浅はかな理解にすぎなかったのだけれど。

僕の直感は、男は和やかそうで、近寄りやすい性格だけれど、どこかやり場のない感情を持っているように見えた。それは長い間無理をして、自然とこのように反応してしまう人が持つ笑顔でもあった。

簡単に言えば、ちっとも楽しそうではないのだ。彼の笑顔は明るいけれど少し話すだけで、人はみな感づいてしまう。

「はい、わかりました」背広姿の男は礼儀正しく僕たちの方を見てお辞儀した。

「決まりましたら、またおいでください」僕はにこやかに笑った。

「はい。ありがとう」

男は少したたずんで、突然振り向いて凱文をじっと見た。

その瞬間、僕は凱文と男の関係がわかってしまったかのように感じ、心臓が突然高く打ち始めた。ここは客がこんなに多いのだから、けんかなど始まったらまずい。頭の中では、同時に台本はどう書こうかとも考えていた。

「ねえ、ご両親が心配しているよ。私の話を聞きなさい。わがままは言わない。さもなければ後悔するのは自分だから」

背広の男は突然脈絡もなくこのように言い始めた。そう言った後でふらふらしながら出て行った。

「何だよ……てっきり何か言い出すのかと思った……」

凱文は安心すると、浮木居酒屋の入り口でぶつぶつ言った。

おそらく、背広姿の男は僕たちの後ろにしばらくいたようだ。凱文の話も聞かれてしまったかもしれない。

居酒屋の入り口が「ヒュー」と音を立てた。

通りの寒風が吹いたからか、それとも先ほどの男が扉を閉めたからだろうか。

背広姿の男の影が入り口の頭上にあるガラスに映り、どこか寂しく見えた。

「あの人、見た感じ淀んだ酒みたいだね。きれいな瓶に入れられたままの」

呉延岡はどこから出てきたのだろう。カウンターの内側で淡々と話し始めた。

「酒も腐るの?」僕は不思議に思って聞いた。

「もちろん。醸造過程でのミスや保存のまずさ。どれもあり得るよ」

「ねえ、何を話しているの?」

凱文はぼうっとした様子で、呉延岡は大きく笑った。

「何でもないよ。だいぶ悩んでるね。もう一杯飲まない?」

呉延岡は僕たちのグラスに注ぐと、また厨房に忙しく戻っていった。

3

冬の夜は訪れるのが早く、しかも特別に長い。

幼い頃に時代劇ものの俠客映画を見ていたが、あのような武術に強くて、身のこなしもツバメのような主役は、いつも月だけ浮かぶ闇夜に現れ、こっそりと悪役を懲らしめるのだ。そしてニワトリが鳴き、空が明るくなる頃には、暴虐な悪者の死骸が通りに横たわり、庶民たちは何度も天にむかって感謝する。

いまちょうど夜中の一時、通りは静かで物音一つ聞こえない。僕は俠客というよりも、泥棒のように、台北市内の繁華街の路地にある階段に座り込んでいた。手のひらをすりあわせては暖を取り、凱文《カイウェン》が角にある外資系製薬会社の裏口から出てくるのを待っていた。

これはワラビが最近引き受けた新しい依頼案件だ。依頼者は昔ある地方で名士だった一族の末裔で、一族は少なくない土地や不動産を持っていた。家族の人数が多くなればなるほど、在りし日の様子とはだいぶかけ離れてしまったが、でも子供の教育に対しては相変わらず熱心だった。

僕は前に聞いたことがある。文化は財産のように数値化することはできないけれど、代々受け継がれていく教育的、文化的資本は、金銭のように容易に失われるものではないという。この点は嘘ではない。

依頼人は四十歳過ぎの中年男性で阿強《アーチアン》といった。その名の通り、見た目は背が高くてがっしりとしていて、含蓄のあることを話す。社会的エリートといったところだった。

でも、阿強の毎日は他人は知らない苦々しいものだった。

彼の妻がいちじるしく重いうつ病を患っていたのだ。

最近、国外の製薬会社はさまざまな事情により、台湾市場から撤退し始めていた。「百憂解《バイヨウジエ》」という精神科が使う薬も、そのうちの一つで、国内製薬会社も同じ成分で同じような効果を発揮する別の薬を作っていたが、でも実際のところは、医者であれ、患者であれ、一部の人は相変わらず海外製のオリジナルを使いたがった。

百憂解が撤退した後で、阿強の妻は新しい薬に慣れないためか、病状がまた不安定になり、その後は薬も飲まなくなった。

抗うつ薬は飲んでも習慣化することはないけれど、でも薬物が体内のセロトニンを増加させる。僕の病院勤務の経験から言えば、服薬を勝手にやめてしまうと、セロトニンの取り込みが悪くなることで、めまいや焦り、手の震え、吐き気などの諸症状が出てくるのだ。

この時、阿強の妻も自分で服用をやめてから一週間がたち、そのことで状態も相当ひどかった。そこで阿強はワラビを訪ねたのだ。とある製薬メーカーの倉庫にはまだ大量の百憂解が管理されていると聞いたので、妻が服用するにはじゅうぶんな年月分に相当する量だと思った。ワラビの協力を頼み、彼らに薬をすべて運び出してもらい、自分の悩みを解決してもらおうと考えた。

僕たちは今晩、時間があったので、前に阿強が話していた製薬会社のことを調べ、関連する事情を確認しようとしていた。凱文がこの時急に言ったのは、この時間には倉庫は人が誰もいなくなるので、いっそのこと見に行って、阿強の情報が正確かどうか確認しようということだった。

僕が腕時計に目を落とすと、彼が入ってからすでに十分が経っていた。まだ何も異常は起きていない。

凱文も最近は家庭の悩みを抱えていた。

僕はその後続けて彼の気持ちを聞くことはなかった。彼も成人なのだから、自分なりの考えと判断があるはず。もしこちらからアドバイスする必要があるのなら、彼も自然と聞いてくるだろうと、こう思っていた。

でも、彼は最近依頼された案件に関わるとき、積極さの点から言えば、以前とは少し違っていた。時にはすごく冒険的な判断をするくらいにまでなっていたのだから。

僕には彼が何を考えているのか、よくわからなかった。

彼にも自分の考えがあるのか、あるいは何も考えていないのか。

僕はまた十分ほど待った。そのとき一台のパトカーが赤色灯を回して、ゆっくりと隣の道路を通っていった。僕はすぐに体を動かし、柱の影に身を隠した。

パトカーは止まらずに、進んでいった。

どうやら、ただの夜間パトロールのようだ。

そのとき僕が振り返ると、前方で黒い影が動いた。

僕は無意識のうちに両手を広げて前に出ていた。

重さはなく、よくよく見てみると、白い空瓶で、上のほうにはPROZACと印字されていた。百憂解の英語名だ。

「ねえ、何してるの？　びっくりした」僕はすっと隠れてしまった凱文を見て、低い声で言った。

彼は黒っぽい上下のジャージ姿、見た目は真夜中に出てきて運動している大学生みたい。他人の会社のものを盗んでいく泥棒のようにはまったく見えない。

「確かに。中は本当にあの人が言ったとおりだった。一箱一箱積んであって、その数量ときたら奥さんが一生かけても使い切れないほど」凱文は笑いながらそう言い、とても自信がある様子だった。

「言っていることは確かだね。まだ手をつけてないでしょ？」

「うん。これは先にゴミ箱の中から拾ってきたもの。今あんなにたくさんの量を一度に動かしてしまうと、翌日数が合わないと問題になるから。このあたりのことはよくわかっているから、次に小絵《シアオフイ》と一緒に来たときにまた話す」凱文は頷きながら言った。

最近凱文は冒険的だけれど、どうやら心配はいらないようだ。


夕方五時、浮木《フームー》居酒屋の客はまだ多くない。

この時間はまだ客が食事にくる時間ではない。せいぜい通りすがりの観光客が何杯か飲み物をオーダーして休憩を取るくらいで、店内にいる時間は長くはなかった。

今日は依頼の案件について相談する日だと聞いていたので、特別に早く仕事を切り上げたけれど、店に着いた時には、呉延岡《ウーイエンガン》一人しかいなかった。

「もう帰ったの？」僕は店内を見回して聞いた。

「誰のこと？」

呉延岡は洗い場でグラスを洗いながら、頭を出して聞きかえした。

「新しい依頼人のこと」

「ああ、阿強《アーチアン》ね。ついさっき帰って行ったばかり。来るのがもう少し早ければ」

呉延岡は洗い終わったグラスを持ち上げ、頭の上で振った。

「そう、運が悪かった」

「どうしたの？」

「たいしたことじゃないよ。今日病院で知り合いの精神科医に会ったのでついでに聞いてみた。まだ百憂解の在庫はあるかって。で、彼はさりげなく、口外しないようにと言って、一箱持たせてくれたよ。阿強のために持って帰ってあげたくてね」

僕はカウンターの席で、隣に置いた皮製鞄を指さして言った。

「どうやら管理職をやめた後、規則なんてどうでもよくなったみたいだね」

呉延岡は笑いながら言った。

「おそらくワラビに加わろうとしたあの時から、規則なんてどうでもよくなったかも」

「それもそうだ」彼もわざと大げさに言った。

「だから彼はさっきなんて言っていたの？」

僕は先ほど会わなかった阿強のことを聞いた。

「阿強はきみと凱文が持って帰った空瓶を見て、すごく感心していた。それですぐに金を払ったというわけ」

「決断がはやいね。奥さんとの関係もきっと良好でしょう」

「本当にたいしたものだ。精神的な病を患った家族を介護するのは、本当に骨が折れるから」

「そう。たぶん僕も真剣にやらないとね。どうやって進めようかな……」

僕は頬杖をついて、頭の中でどうやってあの製薬会社から盗ってくれば、他の人に見つからずにすむだろうかと考えていた。

一番簡単な方法は、空瓶を小絵に渡して、彼女にすぐに数十箱の同じような薬瓶を作ってもらうこと。彼女なら中の薬を台湾のメーカーが売っている薬に詰め替えることも難しくはなさそうだ。

でも、そんなことをしたら、製薬会社がこれだけのニセの「原薬」を流通させれば、この薬を使う人から言わせれば、おもしろくないだろう。

一般的には、ブランドのある薬剤のジェネリックを作るのは、化学成分が同じなだけではなく、生体利用率とか、生物学的同等性の試験を通過して、オリジナルの薬剤と違いないことを証明しなければいけないと言われている。でも現在の医療現場から見れば、オリジナルの薬剤を保存しておくほうがずっといい。こんなこともある種の迷信なのかもしれないけれど。

僕は席で長いあいだ考えていて、さらによい方法は思い浮かばなかった。

「たぶん、ブランドのある薬剤とすり替えるのが唯一の方法みたい……」

僕はぶつぶつと言った。

鞄の中から白い紙を取りだして、行動スケジュールを書いてみた。それが完成したあとで、小絵と凱文にはこの計画通りにやってもらう。

この時まだ深いことは考えていなかった。ただ、思うままに重要ではないことを書き連ねていただけだった。

でも、このような感じでもそれでよかったのだ。創作も同じことで、無駄なように見える時間はたくさんある。前に進めない展開などもあるけれど、後から考えれば、どれも必要なこと。今は目の前の問題と向き合わなければならないのだ。絶えずもっと良いやり方はないのかと考えながら。

特に前に林雨琦《リンユーチー》のあの出来事を経験してから、僕は突然何かを悟ったように、この世には意味のないことなんて何もないように思えた。良いことも悪いことも、それが起きるのは自然とその理由がある。小さくても記憶するに足ることだ。

時間はすぐに過ぎていった。いつからだったか、窓の外の夕日も沈んでいた。

店内には黄色い明かりが輝いた。

暖かみのある光線は居酒屋の店内を淡黄色にした。

時間が遅くなるに連れて、店内の客は次第に多くなっていった。

「景城《ジンチョン》、このあいだきみたちの会話を聞いたよ。途切れ途切れで全部ではないけれど、でも状況は少しはわかった」呉延岡は料理を運ぶ途中で時間を見つけて、僕のところに来てそう言った。

「凱文と家族の話？」

僕が考えていると呉延岡に遮られてしまった。頭をあげて彼を見つめ、返事を待っていると彼に話を持って行かれてしまった。

「そう」

「うん。あいつと家族のあいだで何が起きたのかは知らないけれど、でもあいつの様子を見ていると、友人として何か助けてあげるべきじゃないかと思って」僕は答えた。

「……」

「どうしたの？」僕は呉延岡がためらい何か言いたそうだと気づき、聞いた。

「話があるんだけど」彼は何秒か待ちながら言った。

「いいなよ。もったいぶらないで」

「本当はね、凱文は婚外子なの」

「え？」

僕は大きく目を見開いた。

「本当だよ。凱文は父親の非嫡出子で、母親は彼が生まれた後に病院からいなくなり、行方はわからないまま。父親が周りの人に嘘を言って、彼を親戚の家に預けたわけ。小学校にあがってようやく一緒にアメリカでの生活を始めたらしい」

「そんなこと……彼が自分で全部言ったの？」

僕は凱文と知り合った時、今よりももっと寡黙だったのを思い出した。最近は皆とも次第に親しくなり、ようやく心を開いたというわけだ。でも、僕はそれを聞いてとても不思議だった。彼にはこのような過去があったのだと。

「うん。あの日あいつは身よりのない子犬のように店の近くにいたから、僕はあいつに食べさせてあげたんだ。酒が飲めないなんて知らなくて、酒が胃の中に入ると、ろれつが回らなくなって、しかもヘドまで吐きそうで」

呉延岡は頭を振りながら苦笑した。彼は見た目は厳しそうに見えるけれど、でも優しい人なのだ。彼が救いの手を差し伸べたおかげで、凱文も路頭に迷わなくてすんだのだ。

「じゃああいつと父親のあいだで……何が問題なの？」僕は気になって聞いた。親子二人がぶつかった点で、凱文のために何かできるのではないかと思ったのだ。

「あいつはそのことについてちょっと話しただけだった。たぶん教育方針と関係があるんだろう」

「教育方針？　ＭＩＴに合格できればそれでいいじゃない？」

僕は戸惑いながら聞いた。

心の中では凱文は優等生で、成績も優秀なのに、それでもまだ問題があるのだろうかと思っていた。

「僕たちが理解しているようではないみたい」

「どういうこと？」

「凱文が話すのは多くないけれど、でも想像するに東アジアと欧米との教育文化のちがいから生まれたものじゃないかな。前に言っていたけど、教授をしている父親が厳しすぎて、逆に恥ずかしいくらいだと」

「恥ずかしい？　厳しいことが恥ずかしいなんて……そうか！　もしそうなら、それなら理解できる」

「何を考えついたの？」彼は眉毛を寄せて、気になって聞いた。

「すみません、注文してもいいですか」

呉延岡はドアのところの客が彼にむかって手を振っているのを見ると、僕に待つように言い、急いで客のほうへ走っていった。そしてすっとまたカウンターの内側に入ってきた。

僕はドリンクを口にしながら、頭の中を整理しようとした。

でもこれも勝手な憶測に過ぎない。

凱文は若いけれど、でも大学生だ。まさに自我が自立し、自分の人生を探し始める年頃。それにあいつだって言っていた。父親とうまくいかないことがストレスになって恥ずかしいと。こうした二点から考えると、教育のストレスはきっとあるのだろうと思えた。

凱文は幼い頃からずっと父母が面倒をみてくれなかった。父親だってあいつに対してはある種の慚愧《ざんき》の念を覚えるのだろう。わざわざ凱文をアメリカに呼んだことから見ると、無責任な親ではないようだ。過去の過ちが、特別に穴埋めさせる関係にさせ、そのため自分が所有するあらゆる資源を子供に費やした。

東洋の教育的価値観は良い面があるけれども、厳しくてさまざまなルールがある。そのために子供に対してはストレスを感じさせやすくなってしまう。

凱文の就学環境は確かに西洋的なものだった。それは個人の独立した環境を求めるものであり、かりに親が依然として東洋的な発想の教育方式にこだわるのであれば――しょっちゅう口うるさく言い聞かせるようなものであれば、子供が傷つくだけのもの。まさに凱文の立場に立てば、「恥ずかしい」とか「ストレスが大きい」といった言い方になる。そうしたこともじゅうぶんに理解できるのだ。

さらに激しい行動にでるなら、家出をしたりするかもしれない。凱文がそうだったように。

呉延岡は厨房に入り、二十分が経った。話の途中でいなくなってしまうのは初めてではなかったので、この時にはそれほど意外には思わなかった。

またしばらくして、彼は時間が空いたのでまたカウンターまでやってきた。僕が頭の中で整理した論点を聞こうとして。

「そうだったのか。こうして聞けば、ものすごく理屈にあっていると思う」

彼はドリンクを作りながら、頷き同感した。

「でも、多くの人が子供の頃には同じような経験をしていると思う。ただ、凱文のやり方は少し極端だけど」

「機会を見つけて話してみればいいよ。ずっと逃げ回っていても話にならない」呉延岡はしょうがなく言った。彼は子供の頃日本で育ったので、こうした高圧的な教育は彼からしてみれば、たいしたことではないようだ。僕はおそらく彼には何か方策があるのかとさえ思った。

引き戸がカラカラと開く音が聞こえた。外の寒風が店の中に吹き込み、また客が入ってきた。

「お客さん結構入ってくるね」僕は彼にむかって言った。

呉延岡は頭を低くして、自然と反応して「いらっしゃい」と言った。彼の声はいつもと同じ。顔をあげて入り口の方を見ながら、顔には笑顔をうかべていたがこわばっていた。

「あれ？」

僕は彼の視線を追うと、思わず入り口のほうを見つめてしまい、あぜんとしてしまった。

背広姿の男だ。

彼は手に透明のビニール傘を持ち、上半身は雨水で濡れていた。外ではいつ雨が降ってきたのだろう。

前髪は湿り気のためか、奇妙な感じで固まっていて、状態はよくないようだ。

「あ……、こんばんは」

背広姿の男はすぐに僕のことに気づき、引き戸のところに立ち、礼儀正しくこちらにむかってお辞儀した。

「やっぱり来たね」呉延岡はやさしく二人だけが聞こえる声で言った。

「うん」僕は短く返した。

この時、耳元で呉延岡が前に言っていた言葉がかすかに響いた。「淀んだ酒のようで、きれいな瓶に入れられている人」

4

背広姿の男はしゃべらない時は、口元はかすかに上を向いていた。初めて会ったのならば、こうした表情は人には心地よく善良な感じを与えるだろう。でも僕と呉延岡《ウーイエンガン》の目から見れば、自分たちにはちっとも関係なく、猜疑心さえも覚えるような感じがした。

「息抜きして。ここはもともとお客さんには休んで楽しんでもらう場所だから」

呉延岡は積極的に生ビールを手渡した。

「あの……これ注文してないです」

背広姿の男はカウンターの席から白い泡を立てたビールを見つめながらどうしたらよいのかわからない感じだった。

「こちらは無料サービスです」呉延岡は使い終わったばかりの皿を片付け、動きながらそう言った。

「本当に申し訳ない。それでは遠慮なく」背広姿の男は両肩を突き出すように、お辞儀をしながら礼を言った。

大きな口でビールをのみ、緊張した肩がまるで崩れていくようだった。

背広姿の男は王福芒《ワンフーレン》と言い、近くの小学校で英語教師をしていた。

この時、浮木居酒屋《フームー》で彼に出会ったのは二回目だった。

僕は王の隣に座り、彼が食事を終えたあと、席の椅子をカウンターの方から彼の方へと動かした。

「何かちょっと話しましょうか。何でもいいですよ。それなら……どうやって「ワラビ」を見つけたのかというところから話してくれませんか?」

僕は王の両目を見て、前置きを省いた。

「え? ここで話すの?」

彼は店内にいる他の客をながめてから、直接主題に切り込むのかと僕に伝えた。

「ええ、もう二回目じゃないですか。きっとある程度の決心はついたんじゃないですか。僕がこう言うのも間違えではないのでは?」

「うん」

「安心してください。他の人には聞こえないですから」

僕は音楽を流しているスピーカーを指さした。

イーグルスのホテル・カリフォルニアが流れていた。歌詞はちょうど「ここは天国なのか地獄なのか」と歌うところだった。

これは僕が大好きな曲だ。旋律といい歌詞の中で取り上げられる展開といい。

王は数秒黙って、また大口でビールを飲んだ。グラスは一気に空になり、口もとから顎のほうまでビールが垂れていた。

「私の人生は呪われている」

王がこう言う時、不自然な笑顔はもうなくなっていた。前にワラビに人生を変えてほしいと来た人は、一人として自分の人生に満足しているものはいなかったけれど、でも彼のようにこうはっきりと言うのは、驚かずにはいられなかった。彼の表情は次第に見せかけを拭い去り、その眼差しは沈んでいった。その瞬間、僕には彼がまるで別人のように見えたのだ。興味深く思うと同時に、目の前にいるこの人は、見せかけの生活をどれくらい続けてきたのだろうと思った。

王は両親が屋台で商売している家庭に生まれた。毎日放課後になると今日は何曜日かと考えたのは、両親が屋台で雑貨を売る場所を曜日ごとに変えていたからだ。彼の幼い頃の思い出は、いつもミニバンの中で宿題を解くことだった。市場の油煙と人々の騒がしい声は、彼にとって日常茶飯事だった。小さな頭の中で、世界はどこに行ってもこんな感じなのだと思っていた。

王はとても聞きわけがよかった。一家全員で買い物に来る家族がいて、そこの子供がわがままに屋台の前で大人に玩具を買ってとねだっているのを見かけるたびに、いつもうらやましく思った。心の中では、どうして皆は自分と同じ年齢なのに、こうして大声を出せばおもちゃを得ることができるのだろうと思っていた。

どうして蚊や蠅がいるところで眠る必要はないのか、自分が持っていないものを持てるのか。

幼い時の王の家の屋台では、玩具を扱っていたが、でも彼は子供の頃からそれが自分のものではないことを知っていた。それでいて、とても面白いようなそぶりをして、ぐずってやまない同い年の子供たちに自分の家で扱っている玩具を売りつけるのだった。こうした玩具は今までに一度も遊んだことなどなかったけれど、どの玩具もプラスチックの外箱には彼の指紋がついていた。

それは僕のもの。

彼は売ることができた時、つまり玩具をビニール袋にいれて相手に渡す時には、心の奥底ではいつもやりきれない思いがした。

ある子供は玩具を受け取った後で、振り返って走り出し、袋をそばにいる大人に手渡したりする。

気に食わないなら、僕に返してくれてもいいのに！

嫌な奴。

こうした日々は長く続かなかった。中学にあがった後、彼は一生懸命に勉強して、成績もクラスの中では真ん中より上の方になった。

ただ、運命は彼をもてあそぶことを諦めなかったようだ。いじめが始まったのだ。

こうした悪運は音もなくやってきて、彼は自分でも自分がどんな罪を犯したのかわからないほどだった。

王の周りの同級生は全員、彼とおしゃべりすることはなかったし、彼が積極的に相手に声をかけても、意図的に無視された。まるでクラスにこのような人物はいないかのように。

それは彼が今までに受けたことのない経験で、どう対応したらよいのか全然わからなかった。彼は家に帰り両親に苦しみを訴えたが、戻ってくるのは一言だけ。「おまえが弱いんだ。もし父さんや母さんのように強ければ、そんなことは屁でもない」

「でもずっと頑張って……」

「まだ足りないの！　この世の中はそんなに簡単に生き残れると思っとるのか？」

「……」

彼は無言だった。心の中では、なるほど自分が優れていないためかと思ったりした。自分がたいしたことないから、だから排除される。あいつらは僕と友人になりたいわけではない。それは自分が弱いから。

弱い人間と友達になりたい人など誰もいない。

その日から、彼は遊ぶ時間を犠牲にして、放課後はさらに家のために稼ぎに出た。そして当時は一番の名門と言われた外国語学部に合格すると誓ったのだ。彼はインテリたちと同じように、流ちょうな外国語を話したいと夢にまでみた。そうすればもう誰も自分を馬鹿にするものなどいない。飛行機に乗り世界各国を飛び回り、ハリウッド映画のスターのように生きたい。

でも、いじめの日々は全然終わらなかった。果ては彼の日常の一部分となっていた。

大学にあがった後、彼はアルバイトを続けながら授業に通い、そうしたいきさつで今の妻に出会ったのだ。

でも、王は最終的には夢にまでみたエリートサラリーマンとはほど遠く、一介の英語教師になれただけだった。

学校の同僚は彼に対して親切だった。息子の小光《シアオグアン》も聞き分けがよく、妻は仕事の関係で、平日は台湾南部に居を構えたが、週末にもなると家族で集まり、お互いに深く愛し合っていた。

多年の努力を続けた彼は、まともな人生を送れる時期だった。

あの年彼の両親は周囲の環境に圧迫されて、幼い彼を早く育て上げようとした。いかなることも自分で対応させるために。大人の多くは賢い子供だと称賛したが、でも彼は心の中では、こうした日々は本当につらかった。もし将来自分にできるのであれば、絶対自分の子供には同じような状況にあわせない。子供にはふつうの幼年期を過ごさせ、いろいろなことを学ばせたいと思っていた。

彼はこうした考えを持ち始めて以来、突然教職の収入には限りがあり、自分の子供への夢をかなえることは全然無理だと悟ったのだった。

そのため彼はハイリスクハイリターンを求め始めた。長年社会の陰で生き抜いてきた経験から、彼にはいろいろな知人がいた。どのように盗むのか、あらゆる方法で多くの金を稼ぐ方法を知っていたのだ。

泥棒に入り金目のものを盗ってくると、彼は脇目も振らずその金を小光の塾や習い事の学習費にあてた。

「優秀ではないから、いじめられる……」

この言葉はまるで幽霊船のように、深く彼の心の奥深くに潜み、いつも表に出てきては彼を苛めた。

父親として、自分の子供を守る責任がある。守るために一番よい方法は、子供を最も優秀な人間に育て上げること。

「自分が歩んだ道を息子に歩ませるわけにはいかない」たとえ少しだけ同じ道だったとしても受け入れがたい。子供には絶対に優秀になってほしかった。

だいぶ前に、王は中学にあがった息子が楽しそうでなく、休日も外出したがらないのに気づいた。この年頃は活発で元気で、遊びの約束がないのは、珍しいことだ。

彼は授業でのストレスと関係があると思ったが、でもどこか変だとも感じていた。

問い詰めた後、ついに子供は本当のことを言ったのだ。

なるほど、とあるクラスメートが言いふらした噂のため、クラス全員は息子が触ったものをさわりたがらなかったのである。その表面にはバイ菌があって、触っただけで感染すると。

伝染病がペストのように蔓延することは、誰もが知っていた。でも誰かが本当に奇妙な感染症に感染して死んだ話など聞かないけれど、噂はこのようにして広まっていった。

小光もいじめを受けた。

王は一生懸命に自分の人生を変えようとして、違法な行為さえも働いたけれど、結局依然として何も変わらなかった。

もっと手厳しい、悲惨な運命は王が生まれたあの瞬間に決まってしまい、今日まで続いてきたのだ。

カラッ
心の中で何年も築いてきた砦が、一瞬のうちに崩れたかのようだった。

彼は息子の教室に行き、いじめた子供たちを捕まえて廊下でビンタしてやりたい衝動にかられた。

だが教師の自覚から、それは間違いをさらに深め、広げていくことになると知っていた。

でも今回だけは彼の混乱した心理状態を元に戻させることはできなかった。

こんなに努力したのに、変化は何も訪れないのか？

「だから、私の人生は呪われているんです」

王のこの時の視線は空虚で沈んでいた。僕は人間がこのように絶望するのを初めて見た。

彼が見せていた笑顔は、どれも作り笑いだったのだ。

それは彼が小さい頃からいじめを受けてきた時にできあがった防御反応の一つだった。

硬骨漢は笑顔で迎える弱者を威圧しないという言葉があるが、でもすべてがその通りでないとは誰も言わない。

微笑みは事態を処理しやすくさせるが、唯一の方法ではない。

僕は自分が歩んできた道を振り返ってみたが、周囲には確かにいじめを受けたクラスメートがいた。自分からいじめることはなかったけれど、でも積極的に彼らの側に立ち声をあげることもなかった。

声をあげて止めてもよかったのに。

社会の大多数の人のように、人はただ目を開き事態が変化するのを見つめているだけ。頭を動かしても、自分では見えない。心の中ではこうしたいじめを受けた子供たちの存在をとっくに知っていた。どんなに他人の助けを求めても、希望は叶えられることはない。

そうした感情は、ふつうの人はきっと実感しにくいのだと思う。

王の顔が赤く腫れてきた。アルコールの影響か、彼の悲惨な人生を語ったためか。

「最近、息子が急に私の話を聞かなくなった。子供は私の教え方がとても古くて、他人の権利を守るべきで、勝手に他人の人生を決めてはいけないと言った」

「うん。たぶん学校が教えたのだろう。最近、他人をお互いに尊重しましょう、とあるからね」

「尊重は重要なこと！　でも現実社会では、優秀な、自分よりもすごい人を尊重するだけ。私は教師だからといって、教科書の中だけのことを教えるのは、とてもまずいことだと思う」

「うん。もっともな言い分ですね」僕は彼にあわせて頷くしかなかった。

「当時の私は選択肢もなかった。社会の現実に向き合うようにと言われて。今のように経済が上向いてきたら、私はうるさいと言われて、本当にどうしたらいいのかわからない」

王は一気に自分の話をして、疲れを感じたのか、次第に静かになった。

「わかるよ、本当につらい人生でしたね」呉延岡は話をすべて聞き、頷いた。

「……」

王は返事をしなかった。何を考えているのかわからなかったが、もしかすると振り返りたくはない自分の成長経験を思い出していたのかもしれない。彼は多くの傷跡を残し、マラソンを走り終わった後のように、椅子のうえに座ってぜいぜいと息を吐いていた。

「景城《ジンチョン》、じゃあ、任したよ」呉延岡はそう言うと厨房に戻り、また忙しく調理をしていた。

「わかった」僕は手を振って言った。

王は僕に目をやり、またうつむいた。

「はい、じゃあ先に規則を説明します。いいですか」

「うん、だから本当なの？　本当に自分の運命を変えられるの？　そうは言っていたけれど、でもそんなのあり得ないと思ってた」

王は頭をあげると、その目は疑惑でいっぱいで、信じられないという様子だ。

テレビドラマの中で見かけるかわいそうな人と似ている。明らかに助けを必要としているのに、人に拒絶されるのが怖くて、距離をとってしまう。

「もちろん本当です」僕ははっきりと言った。

「そう、わかりました」

王の顔にはもう一度笑顔が出た。短い時間だったけれど、この笑顔は自然なものだ。

「でもルールの詳細は、注意しておいてください」

「わかりました」彼は気持ちを整理し真剣に僕に言った。

「一つめ、前に言ったことがあるけれど、人生の台本を書き換えたい人は、費用は個人の全財産になる。この点は大丈夫？」

「覚悟しています。問題ない。もしできるのであれば」

彼はリュックの中からファイルを取り出し、ファイルには通帳とキャッシュカードが入っていた。用意してきたものだろう。

「はい。それでは二つめ、人生の台本を書き換えるとき、かならず一人サンプルを持って来る。そして三つめ、これは一緒に説明します。サンプルとなる人の同意は必要ないけれど、その人の人生を使うことにもなるので、その人の生涯の良いこと悪いことはみな一緒に引き受ける」

僕がしゃべる早さは速くもなく遅くもなかった。途中少し止まってしまったのは、相手が聞いているのかどうか不安だったから。

「そんなルールもあるの？」

王は目を大きくして、突然深く考えこんだ。

「この三つですけれど、もう一度よく考えてみてください。無理強いはしません」

私はそう言った後、彼を見つめるのをやめた。プレッシャーを与えないように。

続けてまた沈黙が訪れた。どれくらい続いたのかわからないが、彼は長いため息をついた。

「小光がいじめを受けていると知った時、自分の人生が全否定されたかのようにずっと思いました。幸いにも、その時ちょうどみなさんに出会いました。本当によかった」

彼は膝頭をぎゅっと握っていて、涙が突然こぼれでた。

僕は黙って彼を見つめ、何かを言って慰めることはしなかった。この時の僕は彼が次にすることのために励ましたりするような余計なことをしてはいけないのだ。

自分の人生を変えるかどうかは、当事者自身が決めるべきであり、誰かが干渉することなどできない。ワラビが提示する三つのルールを受け入れればそれでいいのだった。

「ええ、ルールはわかりました。大丈夫」王は気持ちを整理して、しっかりと言った。

そして僕はちょうど厨房で仕事をしている呉延岡をちらりと見た。彼はずっと忙しそうだったが、僕たちの会話を気にしていた。

彼は僕にむかってOKのサインを出した。

「まず、あなたの人生の台本ですけれど、サンプルにしたいのは？」

僕は革製鞄からノートを取り出した——それは僕が人生の台本を書く時にいつも使うノートだ。ペンを握って彼の返事を待った。

「許智村《シュージーツン》、勤めている学校に新しく着任した校長です。年齢は私と同じくらいですが、昇進が異様に早く、最近私たちの学校に来ました。息子さんは今年全国科学オリンピックで金メダルを取り、留学する準備をしています」

「そう。完璧な家庭のようですね。どうりで選ぶわけだ」

「それだけじゃないんです……」

「え？　よくわかりませんが、その人の人生はすごくいいじゃないですか」

「許智村は私の中学のクラスメートで、数ヶ月一緒だったけれど、すぐにまた転校しました。それに……」彼は途中まで言って、話すのをやめた。

「それに？」

僕は顔をあげて聞くと、その表情に少し変化が出ていたことに気づいた。テーブルの上の一点を見つめて、でもそこには何もないのに。

「当時、すべて彼がリーダーになってやったんです。その時から、私に対する嫌がらせといじめが始まり、しばらくして転校していきましたが、でも彼が残した一切はすべてそのままで。それで私は何年も辛い思いをして」

私は王の表情に怨恨と苦痛がにじみ出ているのを見た。でもそれはさっと消え、すぐにまた冷静さを取り戻した。

「安心して。私は彼にどうこうと思っていません。それに彼も私のことを覚えていないようで、どちらにしてもあの時は転々と転校させられたので、私のことなど覚えていないほうが自然です」

「やるせないですね」

「はい、許に対して何か仕返しをしたいというわけではないのですが、でも彼が私に対して礼儀正しく呼びかけてくれるのは、本当に耐えられなくて」

「ええ……」

長い時間を経ても、わだかまりの解けないことはあるようだ。

「だから、私は彼になりたい。彼のような成功したキャリアがほしい。私は彼に自分と同じような苦しみを味わってほしいと言っているのではない。でも、彼が起こした悲劇を私から取り除いてほしいし、私が彼の人生をコピーするのは、当然のことだと思う」

王はずっとテーブルを見つめ、ゆっくりと視線を僕のほうに寄せた。でも、王は僕を見つめるわけではなく、その視線は僕の体をすり抜け、後ろの方を見ているようだった。

「わかりました。それはあなた次第です」

僕は黙って頷くと、ノートに王と書いた。続けて彼の希望どおりに、変えたいという人生の台本を書き始めた。

本当のことを言えば、王が人に与えるのは穏やかな感じだったが、でもそれでもこちらに伝わるのは、彼の胸の内はとても重苦しく、孤独だということ。学校であれ、職場であれ、ふつうの人はいじめという言葉はどこかで耳にする。でもこれまでにいじめを受けた人の苦しみは、他人には感じることも想像することもできないのだ。

いじめを受けた人が自分たちのそばにいて、家族や友人、同僚であったとしても。

まるでもう一つの別の世界なのだ。馴染みがなく遠くにあるもの。他人が助けを求めるまなざしを無視したりするほど遠く、それでいて周囲の傍観者の冷淡さを感じるほど近いのに。

いつものように、「ワラビの部屋」が開店する時、監督はとっくに王が来るのを知っているかのようだった。

彼は真っ暗な部屋の中にいて、部屋の中央には茶褐色のアンティーク調の机と古い椅子があった。彼は静かに僕たち二人を見ていた。

窓の外は依然としてネオン看板のギラギラした明かりがあり、赤や緑の光影が暗闇の空間に落ちていった。宇宙空間を漂うような虚無感が感じられた。

この場面は、何度も見たことがあるが、いつも不思議に思ってしまう。

「入ってください。そしてテーブルの前に座って、この先どうなるのか聞く人がいますから」僕は王に言った。

王は感激して僕に頭を下げ、深呼吸してから僕が彼のために書いた新しい人生の台本を抱えて、注意深く暗闇の中に入っていった。そして、ドアがゆっくりと閉まった。

僕は「ワラビの部屋」のドアの前でたたずみ、そして一人でゆっくりと階段を降りた。

今ちょうど九時をまわったところで、浮木居酒屋で食事をとる人はいなかった。

テーブルの上はきれいに片付いていて、厨房には水の流れる音がしたが、誰もいない。

ここから見ると、ドアの向こうにオレンジ色の火がついたり消えたりしている。

「延岡、ここで吸っていると寒いでしょ？」

僕が引き戸を開けると、外の冷え切った空気がすぐに自分のコートの中に入ってきた。僕は無意識のうちにコートの胸元をしめた。

「うん。さっき忙しかったから。風にでも当たろうかと思って。きみは？　終わったの？」

「だいたいね。後は監督の仕事さ」

僕は入り口の階段を降り、たばこの濃厚な煙の中を通った。幸いにもその匂いは耐えがたいものではなかった。

匂いの中に珍しい植物のような香りがした。

「凱文《カイウェン》の父親とか王とか、驚くように共通点が多い。もしかしたら父親になった後、自分が持てなかったものとか、できなかったものをすべて子供に押しつけるのかも」

「その言い方は、いくらかは当たっているみたいだね」

「そうでしょ。でもそうすると、父親はずっと子供を背負って歩むような感じじゃない？　疲れるでしょう」

「それはそうだ。あるいは父親の肩に跨っても、自分の見えない世界が見えるようになるとも限らない」

僕は頭の中で急にひらめいた。小さい頃に両親が自分を連れて土手に行き花火を見たことだ。人混みの中で、父は何度も僕を抱き上げ、肩にのせてくれたが、父が向いた方を僕は見ることしかできなかった。

眺めているのは、花火が輝く下にいる人々で、その時は花火が大きく、きれいだったと感じるだけ。

父はいつも今どんな色の花火なのかと聞いてきた。

その時僕は不思議に思ったのだ。父さんだって見えるはずなのに、どうしてずっと聞いてくるのかと。

その後だいぶ経ってから、僕にはゆっくりとわかってきた。その日は人混みが多く、加えて僕は足をバタバタさせてよく動くので、父には何も見えなかったのだ。でも、父はずっとまっすぐに立っていた。

5

真っ暗な道で、通行人は一人も見えず、車はゆるやかに台北市の繁華街の路地に入っていった。黄色の電灯が前から後ろへと絶え間なく過ぎていく。まるで燃え尽きない線香花火の影のよう。

僕は車の後部座席に座り、軽く揺れながら、夢から醒めることはなかった。

その時新鮮な緑葉とバラの温かな香りが漂ってきた。その匂いはどこかで嗅いだことのあるもので、長い間忘れていた匂いだった。

それは静織《ジンジー》が一番好きだった香水だ。

ある年静織は舞台の演出で、主演女優のそばでその親友を演じていた。初めて助演女優を演じる役柄だったので、セリフはいつもより多く、すごく緊張していた。

その時、メイク担当が彼女の緊張した表情を見て、バックの中から透明の香水をとりだし、優しく首筋と腕にちょっとだけ塗ったのだった。

すがすがしく優しい香りが、緊張して不安な様子の静織を次第に解放していった。

そこで僕は香水のブランド名を書き残しておき、静織の誕生日にそれと同じコロンを送ったのだ。その後、彼女は毎回舞台にあがる前に、いつも軽く体につけた。

香水の匂いは彼女の体温や息と交わり、彼女が毎回公演するたびに独特な匂いを残した。

車はボコボコした地面を走り抜け、僕は座席に背中を滑らせ、誰かが僕を呼ぶのが聞こえた。

「景城《ジンチョン》――景城――」

僕は精一杯目を開き、自分が乗用車の後部座席に座っているのに気づいた。車内には僕を含めて四人。

僕はどうして自分がここにいるのかわからなかったし、頭がぼんやりする中で、ほとんど理性的な判断ができなかった。そこで僕は振り向いて、隣の人に聞いた。

「ここはどこ？」僕が話そうとした瞬間、言葉が出てこなかった。

僕の隣に座っているのが静織だったのだ。

彼女は真っ白なシルクのドレスで、全身が生き生きとしていて、まさに興奮しながらしゃべっているところだった。でも、彼女の口はパクパク動くけれど、僕には全然声が聞こえない。まるで真空の中で話をしているかのように、あたりはとても静かだった。

彼女の視線をたどって見ると、前の座席の二人は僕の父と母だった。

二人はまさに興味津々と聞いていて、笑顔をたやさず、得意顔の様子なのだ。

僕はもうだいぶ長い間このように一家が集まる情景を思い出すことはなかった。

「これは何？　どうしてここにいるの？」僕は大きな声で言ってしまった。

でも、静織は僕の声が全然聞こえないようだ。

この状態がどれだけ続いただろうか。僕は呆然と静織を見ながら、すでにこの世にいないはずの母を見てしまった。激しい気持ちは次第に薄れてきた。

「母さん……」

僕はもごもごと言った。でも前に座っている母はちっとも振り返らない。

「気づいた？　今日舞台下の観客がすごく熱心で、舞台からはよく見えなかったけれど、でも拍手の音から、観客が満足するような演技ができたとわかって！」

まるで誰かが突然ボリュームのつまみを動かしたかのように、静織の話が聞こえた。

「何？」

僕は力を入れて瞬きした。自分の意識をはっきりさせようと。でも、目の前は靄がかかったままで。

「でも、公演に間に合わなかったのは本当に許せない」

「え？」

僕は自分の聞き間違えではないかと思った。その後でようやく気づいたのは、彼女が言ったのは、あの晩病院の残業で、公演のおおかたを見逃してしまったことだった。

「ごめん。わざと遅れたわけではなくて」僕は彼女にむかって、ゆっくりと頭を下げながら言った。

「いいの。そんなことは重要じゃない。どちらにしても変われないんだから……」

「静織……」

僕は頭をあげ、何かを言い訳しようとした。この時窓ガラスの外には黒い影が小さな点から徐々に大きくなってくるのが見えた。そしてものすごく大きな黒い物体が静織の背中にぶつかった。

「あぶない！」僕は大声を出し、喉が張り裂けるように痛んだ。

「私の人生最後の公演だったのに」静織は無表情に続けて言った。

「ガシャ、ガシャ、ガシャ」

猛烈な衝撃が津波のように響き、車内の物と砕けたガラスがあたりに浮かんだ。僕は全身が浮かんでいるように感じた。

砕けたガラスが静織の真っ白なドレスを、彼女の皮膚を引き裂いた。真っ赤な血がまるで宇宙の赤い星のように固まり、ゆっくりと浮かんでいた。

重力を失った僕は、なおも静織の香水の匂いを嗅いでいて、でもどこかしっくりこなかった。この時、僕は突然悟ったのだ。それが香水を使った時に出る匂いだと。ふつう香水と人の体が交わった時には、独特な匂いが出るものだ。

でもこの時に嗅ぐことができたのは、ただ香水瓶の中から出るコロンの匂いだけだった。静織の体の匂いはなかった。

このことに気がついた時、空中で重心をうしなっていた僕は、一瞬にして重力をもち、急に下のほうに落ちていき、再度驚きの叫び声をあげていた――

僕は猛然と目を開けると、背後のシャツは湿っぽく濡れ、一瞬自分がどこにいるのかわからなかった。この時、頭上の白い光にまぶしさを覚えた。あたりは真っ白な壁で、ディスプレイが光ったままのパソコンがあり、いくつかのファイルも僕の目の前にある事務机の上に平置きされたままで。

室内には一人もいない。壁には掛け時計があり、今は夜十時五十分。

「もうこんなに遅いのか……」

今晩は院内で使う文書を仕上げるのに、僕は事務室に残り原稿を書いていた。でも、なぜか途中まで進めて眠ってしまったのだ。

僕は椅子の背もたれによりかかり、体は相変わらず金縛りのようだった。

もうどれだけの間、あの晩の情景を夢では見なくなっていただろう。考えてみるとあれは一家が集まった最後の思い出で、どれも自分を動けなくさせる。

僕は何も変えることができないのだ。

僕は水を飲み、注意力をパソコンのディスプレイに注いだ。少し前、僕は院内の精神科医にインタビューして、精神衛生の知識をまとめていたところだった。資料の内容はとても膨大で、そのためどこから始めたらいいのかわからず遅々として進まなかった。そして、インターネットでいろいろと検索しているうちに、寝てしまったのだ。

僕は聴覚を刺激しようと、YouTubeを開いた。最近では多くの有益な情報がチャンネルとしてアップロードされているので、クリックして短い動画を見てみた。そのとき意外にも全然関係のないタイトルに引き寄せられてしまった。

「マッスル英語の先生——地下ヤクザの秘密を暴く」

僕は興味深く思いクリックしてみると、それは新しく開設したチャンネルで、数日前にアップロードされたばかりだった。でも視聴者数は瞬く間に増えていった。

「どうして……」

僕は口を開け、この動画が出ていることが信じられなかった。

動画の中では男性がしっかりとアイロンのかかった背広を着て、手にはカメラを持ち自撮りをしていた。彼は酒場のような場所に入り込み、そして面白おかしく、この都市で誰も知らないダークな場所を紹介していた。しかも外国のマフィアにまで依頼して、とても流ちょうな英語で相手とおしゃべりし、お互いに人が知らない極道のエピソードを紹介していた。そこでの主な会話は表だってはできないことだけれど、でもじゅうぶんに大衆の注意を引きつける話題で、しかもエンディングでは教育的効果もあって。

そしてチャンネルのもう一つの動画は、彼が他のチャンネルに招かれて、学者の立場で言語教育について語ったものだった。彼の海外における見聞は豊富で、その見方もふつうの人の考えとは違っていたが、実に論理的で、動画の下にはたくさんのユーザーからのコメントが書かれていた。彼はどこの学者なのだろうかと不思議に思った。

そして僕はいくつか動画を見終わったあとに、背もたれに深くよりかかり、頭を上下にゆらして絶賛していた。

「なんとまあ……背広姿の男がこんなに早く変わるとは！」

僕は YouTube のおすすめで上がってくる動画リストの、王《ワン》の自身たっぷりの笑顔で語る動画と、その下で常に更新されるコメントを眺めていた。

この数日の間に王は静かにネットの世界で人気が出て、あたかも教育学の権威のような感じになっていた。

僕はしばらく前に、浮木居酒屋《フームー》での意気消沈しながら重苦しく苦痛に満ちた王の表情を思い出した。ディスプレイで目を輝かせて語る学者の様子と比べると、全然別人のようだった。

人生の台本を書き換えた後、彼は以前無視されていじめられた負け犬の人生から抜け出し、夢にまで見たエリートになっていた。僕は確かにその顚末を知っているけれど、でも大変身した姿はとても意外だった。

王の新しい人生の台本は、かつて在学中に自分を集団でいじめ馬鹿にした許《シュー》の人生で、許とは彼の勤める学校に新しくやってきた若い校長先生だ。僕はこの校長先生と面会したことはないけれど、きっと家柄のよい家庭でしっかりと教育を受けてきたのだろう。そしてまさに一番活力がある年齢で重要な役職についたということは、絶対に周囲の期待を背負ったスターなのだ。

王がサンプルにした彼の人生は、どうやら密かに彼の体内に隠されていたたくさんのスイッチをオンにして、周囲の人にまで影響を与えたようだった。

僕が感心したのは、彼が自分で暗い過去、つまり社会の底辺で転がって得た世の中の隅っこの知識を口にしなくなったことだった。別の面白くておかしいやり方で皆に紹介し、こうしてたくさんの若者の注目を集めていた。

僕はグングン伸びていく視聴者数を見ながら、小さいときから愛されずに人に大事にされなかった人から言えば、きっと強烈な達成感なのだろうと思った。

壁に掛けてある時計が軽く時報を打った。いつの間にかもう夜中の十一時だ。

先ほど起きたばかりの頭はまだぼんやりしていたので、立ち上がり廊下の角で水を入れて飲んだ。

僕の今の職場の事務室は病院の地下二階で、狭い四角形の部屋だ。

実はニュースレターを制作する部署はここではない。僕は臨時に移動させられた者なので、元の場所にはスペースが足りなかったのだ。そこで病院側は勝手に空いているスペースを探して僕に割り当てたのだった。

本当のところ、病院の運営費で、それぞれの部署が将来的に発展しようとすると、常に場所の使用をめぐり頭を痛めてしまう。こんなところに誰も来たがらないのは、隣が遺体安置所だからだ。

病院で働いている者にとって生死は日常茶飯事だが、本当に自由に選ばせれば、誰もここには来たがらないはずだった。

見慣れてしまうものもあるけれど、ダメなものもある。

たとえその機会に多く触れたとしても、誰も死に慣れることなどできない。

人間だって同じなのだ。

僕はコップを持ち、ドアを開けて、事務室を出た。目の前は真っ白な廊下で、夜十時を過ぎると、患者や家族がやってくることは極端に少なくなった。病院側も節電対策をしていた。廊下の蛍光灯はすべてが点灯しているわけではなく、ところどころ間引きされ、ホラー映画の一場面のよう。

給水器はちょうど廊下の外れにある。

明るかったり暗かったりする廊下を歩くと、右側には遺体安置所のドアがある。

壁の緑色の金属板には「霊安室」と三文字書かれ、字体は落ち着いたものが選ばれている。そこで僕は遠くから人を遠ざけるこの三文字を見てみた。まるで表札が僕に手招きしているようだった。

僕は母親と静織が亡くなってからまもなく、短いあいだこの小部屋にいたことがある。中には仏様を祀ったお堂があり、もう少し入っていくとステンレスの冷凍庫が壁一面に積まれている。

僕は頭を振りながら、早足で霊安室の前を通り抜けた。ちょうど角をまがろうとした時、人影が素早く廊下に消え、すぐに見えなくなったのに気づいた。

僕にははっきりと見えた。反射板のついたベストを着て、黒色の帽子をかぶり、目立つ服装をしているのは、一目で当直の警備員だとわかった。

「あんなに早足で何をしているのだろう？」僕は不思議に思った。

夜の病院は昼間のように騒がしくなく、静寂で音一つしない。

給水器の水がコップに流れる音が廊下で響き、注意をひいた。

もともと僕は今晩中に文章を完成できるかどうか悩んでいたけれど、この時になって胸のうちでは地下室に移された当初から聞いていた霊界現象を思い出していた。

十数年前、飛び降り自殺した男子が救急車で病院に送られた際、救命措置を一通り終えたあとで、医師が死亡判定を出し、当日霊安室の冷凍庫に入れられた。その晩当直だった人によれば、その日の冷凍庫には男の遺体しかなかったという。

だが、真夜中になって、警備員が地下室に巡回に来て、ちょうど巡回表に記入しようとした時、入院服を着た男が冷凍庫の前に座っていたのだ。無表情で冷凍庫に積みあげられた壁全体を眺めていたらしい。

巡回の警備員は恐怖を覚えたが、責務から前に進んだ。するとその男の足下には、なんと遺体の識別票がかかったままだった……

噂の怪奇現象はこんな感じだった。

僕はそれを都市伝説だとばかり思っていた。が、自分がおおかたの時間ここで仕事をしているので、ものすごく真面目にこうした類いの噂を聞いてしまったのかもしれない。勤務中にそわそわしながら。

でも、先ほど早足に走っていった警備員のことは気になった。

「コッ」

金属がぶつかる軽い音が、僕の後ろから聞こえてきた。静かな廊下では特に目立った。

僕はすぐにふりかえったが、後ろには誰もいない。音の出た方を見るとまだ距離がある。でも、その方向はちょっとまずい。

霊安室の方からの音だ。

「そんな不運な……」

僕は水でいっぱいになったコップを持ち、自分の事務室に戻った。

「カラッ」

同じ方向から、二度も同じ音が響いてきた。しかも今度はもっとはっきりと。

僕はもう少しで手に持った水をひっくり返しそうになった。手の甲にいくつもの鳥肌がたった。

僕は霊安室から二メートルのところで止まり、頭をかきながら悩んだ。

数秒躊躇してから、ため息をつき、無理をして霊安室のドアへとむかった。

もともと素早く自分の部屋に戻る予定だったけれど、でも僕は自分の目が上下左右と見てしまうのを止められず、気になってドアのこちらから中をのぞいてみた。

気づいた時には、僕はすでに部屋の中にある仏堂のそばにいた。いつ入ったのか、僕はすでに霊安室の中だった。

あたりを見渡してみると、誰もいない。本当に……僕はびっくりするような場面や人にでくわすのかと思ったが、中には電灯がついているだけで、誰一人いなかった。

少し失望して振り向いた時、金属が反射するような光が揺れた。

そのとき……

左の下のほうにある冷凍庫のふたが、内側からゆっくりと開いたのだ。

ふつうの人がこういう状況に出くわした時にどのような反応に出るのか知らないけれど、自分は極度の恐怖感の中で、声すらあげることができなかった。全身が釘付けにされたように、目の

¥あ前の箱がゆっくりと開くのを呆然と見ていた。

なるほど人間は自分の理解を超えるものを見た時には、このような反応を示すのか。


「景城――」

突然、男の声が後ろから発せられた。

このとき僕はついに我に返り、一瞬にしてアドレナリンが吹き出て、手にしていたコップを音の出るほうに投げつけた！

「くそ、この野郎――」その男は僕にびしょ濡れにされて、ずっと声を立てていた。

この時よくよく見てみると、なんと凱文《カイウェン》だったのだ！

「ここで何をしてる！」僕は驚きが収まらないまま叫び、後ろの冷凍庫の気味の悪い状態を想像した。急いで振り返ると、思わず大きな声を出してしまった。

「何をしているの？　びっくりした！」

僕は小絵《シアオフイ》が注意深く冷凍庫の中から這い出て、こちらを見ながら、頭を下げて笑っているのが見えた。

「ごめんね。脅かしちゃった。でも本当にわかりづらくて」小絵は朗らかに笑い、僕のところに来て明るい声で言った。

僕は突然病院の地下室に移動させられた件を居酒屋で話したことを思い出した。でも、初めて来た人から言えば、複雑な動線は迷路のようで、二人が事務室を探し出せなかったのも無理はない。

僕は廊下に目をやり、あたりに誰もいないのを確認し、急いで二人を引っ張って自分の事務室に連れていき、ドアの鍵を閉めた。

呼吸を整えた後、二人をじっと見た。

「何なの？」僕は二人に聞いた。

「うまく行動できなかった」

凱文は、全身に水をかけられて、少し震えていた。

「ねえ？　今日倉庫を狙うとか言ってなかった？」

僕は突然、前回依頼人の阿強《アーチアン》に代わり計画を立てていたことを思い出した。製薬会社の倉庫から大量の百憂解《バイヨウジエ》を盗み出すのだ。でも、今日は残業したために、二人の行動を完全に忘れていた。

「そう」

製薬会社の倉庫はこの病院からたった路地一本しか離れていなかった。

「何が起きたの？」

「小絵がちょうど入ろうとした時に、製薬会社の社員が急に戻ってきた。早く見つけたからよかったものの、代わりの薬をすべて倉庫に運ぶことはできなかった。こんなたくさんの薬を抱えて、逃げられないよ」凱文は両手を広げ、どうしようもないというように頭を振った。

「じゃあどうして冷凍庫に隠れてたの？」

この点は一番不可解な点だった。僕は小絵のほうを向いて尋ねた。

「ほら、ニセの薬は、どちらにしても置いておく場所が必要でしょ。だからすぐにあなたが勤務しているこの場所を思いついた。ここにはこんなにたくさんの薬があって、ここに隠せば絶対に見つからないと思って」

「なるほど。そう考えるのも無理もない」

「でしょう。さっき誰も使っていない空の部屋を見つけて、ニセの薬を先に運んでおいた。次に行動するときに、またここに来て製薬会社のものと交換すればいい。でも想定外だったのは、まもなく完了というときに、ここの病院の警備員に見つかってしまって、だから冷凍庫の中に隠れていたの。おばけの顔をしたら、警備員は逃げてしまって。どう？　こういうところは台本の中にはないけど。幸いにも反応が早くてよかった！」

小絵は得意満々に言ったけれど、何を自慢しているのかわからなかった。

「運がよかっただけだよ。ちょうど病院で噂されている話があってね……」

「どんな噂？」小絵は興味津々に聞いた。

「やめた。また日をかえて話そう。今日はお疲れ様。早めに休んで」

この時の僕の表情はいかにもどうしようもないといった感じだったろう。

「あ、そうだ！　今日まだもう一つあって」凱文はティッシュで体を拭きながら、目を輝かせながら言った。

「どんな仕事？」

「俺たち今日行動する前、倉庫の付近で、ドアの前をうろうろしている人を見かけた。ちょうど倉庫に入ろうとしているみたいで。誰だかわかる？」

「誰？」僕はパソコンを操作しながら、答えた。

「背広姿の男」凱文ははっきりと言った。

「まさか……」

僕はディスプレイを見つめ、ちょうど王が流ちょうな英語で外国の学者と話をしている映像の静止画を見た。

「あの人いったい何を考えているんだろう……」

6

焼きそばと茶色の調味料が高温の鉄板に触れた後、「シュッ、シュッ」という気になる音をあげた。僕は両手にフライ返しを握って、黄色の麵に均等にソースの色をつけていった。新鮮な野菜と肉を混ぜ、できあがりは見た感じまあまあだ。

今日は土曜日で、ある団体が華山一九一四「台北市にある日本統治期の酒造工場をリノベーションした文化施設」でイベントを開き、最近流行し始めた日本のアニメ展とコラボして、多くの親子連れが来ていた。

小絵《シアオフィ》がちょうどイベント運営側のメンバーと知り合いで、彼女と浮木《フームー》居酒屋の関係から、しきりに僕たちを誘って屋台を出すように声をかけてきたのだ。居酒屋の料理は大衆受けするし、イベント全体の盛り上がりにも最適だった。そのため小絵は興奮して呉延岡《ウーイエンガン》を説得して参加させたのだ。

もともと呉延岡はあまり気のりがしなかったけれど、でも小絵が積極的に進めたので、ついに無理をして応じることになった。

でも彼の性格はとても真面目で、一度決めたら全力でやるタイプなので、中途半端なことはしなかった。

この点、日本風居酒屋を経営するのは彼の性に合っていた。

そこで、今日の僕は、頭に三角巾を巻いて、藍色の調理衣を着て、絶えず熱々の鉄板の上で麵をかき混ぜたのだった。

呉延岡がこの仕事を引き受けてから、僕も仕事を割り当てられるようになった。

毎日退勤後、浮木居酒屋に行き、呉延岡とメニューを並べ、売上のよい日本風焼きそばから始めることにした。

ふだん僕は料理をすることは少ない。特に病院で仕事をしている時には、時間を急いであっちこっちで、食事をしながら会議に出たりもする。丸一日疲れ切ったあと、退勤後は便利な場所で夕食を食べたいと思うのだった。体を早めに休めたくて。

それでも、今回のイベントのために、何日も居酒屋に通い、料理の腕を磨いた。真剣な様子は、自分でも大いに驚くほどだった。

「いいね。このあたり均等に炒めて。それでいい」

呉延岡は試食した後で、満足げに頷いた。

「よかった！」

日本料理の師匠から褒め言葉をもらい、僕は懸命に目の前で炒めた焼きそばを皿に装った。

良い香りが鼻をつき、僕は白い湯気を見つめながらいささか感動してしまった。

今までやったこともない、あるいは不得手だったことは、熱心にやるだけで良い結果は出てくるものだ。


先ほどはイベント会場から出てきた観光客を案内し、僕は乾いた布で余熱を持った鉄板を拭いた。心の中では突然数日前のことが思い起こされた。小絵と凱文《カイウェン》が行動に失敗したことだ。

ワラビは変な依頼案件を受けることはよくあるが、毎回僕が書いた台本の通りに進むわけではない。でも今回は倉庫の薬品だったので、多少の面倒が出てきた。それは僕にとっても非常に意外なことだった。

昨日、僕は退勤時間を使って製薬会社の倉庫まで行ってみてわかったのは、もともとはふつうの鉄製門扉だったところに、防犯カメラがついていた。どうやら、あの晩の行動失敗は、会社側に警戒させるだけだったのかもしれない。

製薬会社側はおそらくまだ僕らの目的がなんなのかはわかっていないのだろう。現金だとか金目の薬品だとかは厳重に警備されていた。でも、その計画は元々の台本の話からだいぶずれてしまっているので、常に不安を感じてしまうのだ。

僕は同じように忙しそうな凱文を見た。

彼は準備した料理を大小さまざまな容器の中に入れる役割で、仕事の態度も熱心だった。本当に頼もしい。

この子は明らかに学業優秀なのに、面倒な仕事を進んで担う。父親との関係がどうなのかはわからないけれど、でもいつも出ることのできる道が一本残っているというように感じていた。彼が言った一ヶ月のリミットまで二週間程度。彼がいま一番やりたいものは何なのだろう。

逆にもう一つのことが僕を心配させた――行動した当日、王《ワン》が製薬会社の倉庫付近に現れたということ。

彼の奇妙な行動が僕の頭から離れなかった。あの晩に王が「ワラビの部屋」から出て行く時は、彼の外見はまったく別人になっていた。顔つきは疑念をもったもので、自分の人生は本当にこれからすべて順調にいくのかどうかという疑いまであった。でも、彼は僕や呉延岡に対しては、詐欺の集団ではないのか、自分の財産を擦ってしまうだけなのではないか、と思っていたとは言わなかった。

王は依然として礼儀正しく浮木居酒屋の入り口で僕たちにむかってお辞儀をし、お礼を言った後で去って行った。

連絡先さえも残さず。きっとその時から、王は自分の人生が少しは変化したのだと思ったのだろう。彼の顔つきは僕にこう訴えていた。自分はこの一切の決定が自分にとって転機になり、今までにあった数々の不愉快なことから抜け出すことができると。そのため生涯蓄えた財産をすべて偶然得られるチャンスに託してしまったのである。

ただ……王には素晴らしいできばえのインタビュー動画や面白い企画動画などがあり、ネット上でも知名度は高かった。僕は彼がある商品のイメージキャラクターまでしているのも気づいたくらいで、自分が知っている限りでは、こうした副収入は悪くはないはずだ。ただ、どうしてこれまでの状況に戻り、苦労しようとしているのかわからなかった。

こちらがどのように推測しようとも、人間の行為は、隣の人には全然推測がつかない。

小絵の話によれば、数日前に王は夕食の際に浮木居酒屋で食事をしていたという。その日は呉延岡が小絵に料理を教える日で、彼女はちょうど数種類のドリンクの名前と作り方を覚えていた。週末に開くイベントのための準備で。

王は相変わらずきっちりとした背広姿で、サラリーマンのような格好だった。でもその表情には少し変化が出ていて、自信満々といった感じだった。

小絵はふと興味を持ち、王にも中学に通う一人息子がいることを思い出した。もしかしたら漫画も見るのかもしれないと。そこで彼女は王にこの週末のアニメ展の情報を教えてあげ、ついでに招待券も何枚か渡したのだった。

「それはよかった。ぜったい息子を連れて見に行きます。ついでにイベント会場にも行ってお客さんになってあげましょう」その場で王はとてもにこやかに返事をした。

ずっと隣で黙ったまま観察していた呉延岡は後でこう言っていた。王の変化を明らかに感じることができたと。全身から元気がみなぎっていて。

僕はこの良い知らせを聞いて、心の底から喜んだ。ワラビの協力を得た後で、彼はついに自分が期待する新しい人生を得ることができたのだ。

「景城《ジンチョン》、悪いけど鶏肉を持ってきてくれないかな？　これを作ってしまえば、足りなくなるから」

呉延岡は力をこめて真っ赤な炭火で、丁寧に焼き鳥を焼いていた。それは浮木居酒屋の看板メニューの一つで、通りすがりの人々は食べたことがなかったけれど、パチパチと聞こえる焼き鳥の香りをかぐと、声をかけずにはいられなくなるのだ。

もともと夕方まで持ちそうなほどの食材の量だったが、昼頃にはほとんどなくなってしまった。

「了解」僕はすぐに答えた。

三角巾をとり、汗を拭い、目の前で料理を取っていく人々を見ていると、顔から笑顔がこぼれてくる。

イベントでの屋台は確かに疲れるけれど、病院の仕事とは全然異なるもの。そこで得られる達成感もまた少なくない。僕は心の中でこのように思った。

呉延岡は食材を冷やしてある場所へ少し走らなければならなかった。それは近所で馴染みの商店に臨時で貸してもらっている冷蔵庫で、取りに行くのには五分もかからない。でも、他の屋台や観光客の中を通っていかなければならなかった。

だから、僕はわざと人混みを避け、外からむかった。距離から言えば少し遠回りにはなったけれど、時間はだいぶ節約できた。

戻ってくるとき、僕は小型の台車を押し、一番上に乗せた段ボール箱からは冷蔵庫から出したばかりの時に見られる白い煙があがっていた。僕は地面の穴に注意しながら、ゆっくりと台車を押していった。

その時別の屋台エリアを通りかかった。

こちらの客は少なめで、どの屋台も自分たちのように商売繁盛になるわけではなかった。販売する商品の違いによって、人気のあるものとないものの違いが生じる。比較してみると、ここの屋台はどうも売上がよくないみたいだ。

屋台で生計を立てている人によれば、商売をする場所で収益は決まってしまうという。観光客が必ず通るところは、人通りも多いので、場所の借り賃も比較的高い。だがすべての業者が高い賃料を払えるわけではないので、利潤の薄い一部の業者は、比較的安い場所を探して屋台を広げざるを得ないのである。

でも、こうして考えると、もともと利潤の多くない商品が、売上の数も少ないとなると、収入減となることはじゅうぶんに考えられる。

資源の多寡が、競争の勝敗を決めるのであった。

細かく計算していく現実は、とても残酷だと時々思う。

僕が重たい段ボールの台車を花壇に沿って押していると、前方では人混みが多くなってきた。マンガ展を見終わった人々が、出口から出て行く。そこで僕は足を止めていると、手作りの人形を売っているブースに気をとられた。

店主は七十歳を超えるであろう老女であった。売っている商品は卸売から仕入れてきたものではなく、派手な売り場や売り方でもなく、手で縫い上げた人形をテーブルのうえに置いているだけだった。

若者の多い場所なので、どの売り場も派手なやり方で客を引きつける必要があった。おばあさんの素朴な売り場では、客に多くを見てもらうには不十分で、人々は足を止めず通り過ぎていくだけだった。

だが、おばあさんは依然として期待をこめたまなざしで、通りかかる人々に声をかけていた。でも、誰も立ち止まろうとはしない。顔には疲労と失望の表情が出ていた。

僕はそれを見ながら心を痛めた。

その時、一人の子供をつれた男性が通り過ぎた。男は足早に通り過ぎようとしたが、意外にも折り返してきて、飾り気のない小熊の人形を手に取り、しきりに見ていた。

この男が着ているのは緑色のポロシャツ、深い色のジーンズと白いスニーカーで、とてもリラックスした格好だった。でも、彼の背格好から見れば、どこかで見たことのある姿だ。

「彼かな……」

僕は黙って台車を押しながら、近づいていった。

「小光《シアオグアン》、お父さんが買ってあげようか?」その男は近くにいた子供にそう言った。

その子は短めの頭髪で、背はそれほど高くなく、体型は少しぽっちゃりしていた。子供は少しビクビクしながら小熊の人形を受け取った。

僕はその子供の顔を見て、すぐに目の前の人がわかった。まさにあの親子だったのだ。

「どうして？」小光は頭をあげた。

「この布人形は、お父さんが子供の頃におじいちゃんやおばあちゃんが商売した時に売っていたものにそっくりなんだ。ほら見て、花の色もこんなに似ていて」

「そう……」

小光は両手で小熊の人形を受け取り、動かしながら考えて頭をあげた。

「そう。おばあさんが頑張っているから。家に連れて帰ろうか」

彼はおばあさんを見ながら言った。

王は値段を聞き、彼女に千元札を渡し、おつりはいらないと手を振った。

おばあさんは最初拒絶していたが、王があまりにも言うので、感激して頭を下げて礼を言うしかなかった。

前方の人混みは薄れてきたが、でも僕はまだ王とその息子の小光の顔をじっと見ていた。

心の中で考えていたのは、彼のような優しく思いやりのある人が、どうして子供の頃からいじめを受けなければいけないのだろうかということだ。

近くにいる子供もどうやら聞き分けのよい子で、でも同様にいじめを受けてしまう。どうして父子ともこのようなことになるのだろうか。

彼らの態度はどれも社会的模範となるようなものなのに、どうして他の人よりも苦しまなければばいけないのだろうか。

実は僕はさらに考えていた。この世界でいじめにあう人は非常に多い。でもどうして王は一切を惜しまずに、すべての財産を出し、もともとの人生を変えようとしたのだろうか。

だが、僕には彼の子供を見かけた後で、その答えがだいたいわかった。

もし彼が次の世代のために、違法行為を惜しまないとしても、息子が自分と同じようにいじめを受けている運命だとすれば、一切は自分の責任だと思うのだろう。それも理にかなったことである。

この時、隣の場所で風変わりなアイスクリームを売っていた若い男性店員が売り込みを始めた。よりいっそう力を込めて呼びかけ、小光は吸い寄せられるかのように、興味津々に近づいていった。

「ぼく、これ食べてみて!」

若い男は小光にチョコレート味のアイスクリームカップを手渡した。

小光の手にはすでに布人形があったが、相手に待たせるのも申し訳なく、すぐに片手を出した。

ただ、その時に不注意にも、アイスのカップを落としてしまったのだ。

カップの中の色の濃いアイスクリームが店員の淡い色のズボンについてしまった。

「あ!」男の店員は大声で叫び、飛び上がった。

「ごめんなさい……」

小光もびっくりし、すぐに腰を曲げて店員のズボンを拭いた。自分の両手をアイスクリームでベトベトにして、先ほど手に取った小熊の人形も大きな汚れが所々についてしまった。

「わわわ、触るな。拭けば拭くほど汚れる」

男性店員はひどく怒りながら叫んでいた。

「僕……僕……」

小光は彼の言葉を聞き、しばらく沈黙してしまった。全身が感電してしまったかのように、そこでぼうっとして、歯を食いしばり何を言ったらよいのかわからないようだった。

皆にはわかっていた。小光の反応が少しおかしいことを。

小熊の人形は彼の手の中でひどく震えていた。

まずい。

僕は男性店員の表情が変わり罵声が飛び出たのを見て、頭の中ではすぐに小光が学校でクラスメートにいじめられた時の様子が浮かび上がった。根拠のない噂をながされ、伝染病だとか言われたために、彼が触ったことのあるものは、皆触るのを恐れていた。こうした馬鹿馬鹿しい遊びはどこにでも見られ、自分が幼なかった時にも見たことがある。ただ、それは被害者にはとても大きな傷跡を残すのだった。

僕が声を出すよりも先に、もともと隣でおばあさんとおしゃべりしていた王が、怒りながら飛び込んでいくのが見えた。

「バカ野郎！　おまえは何なんだ」

僕には目の前の光景が信じられなかった。

王は人が変わってしまった。先ほどの温和な様子は一瞬にして消え、彼は全身で男性店員にむかって突っ込んでいった。そして二人は取っ組み合いながら、アイスクリーム機のほうに突っ込んでいった。

ドンドンドン！

王は勢い余って、アイスクリーム機はひっくり返り、大きな音を立てた。

王と男性店員はしたたかに地面に投げ出され、二人の顔には痛々しい表情が浮かんでいた。

隣で野次馬をしていた人々はめいめいが叫び、すぐに散っていった。

楽しそうな雰囲気は、瞬時に変わってしまった。子供を連れた親たちは急いで子供と一緒に逃げてしまった。僕は鶏肉を積んだ台車を止め、すぐにこの混乱の中に飛び込んで二人を引き離した。

「あの、大丈夫ですよね？」

僕は王の肩を揺さぶりながら、彼を男性店員から遠ざけた。

「くそ、おまえたちみたいな奴がいるから……」

王は体を起こしたが、彼の理性はまだ回復していなかった。手を突き上げ男性店員にむかって殴りかかっていった。

僕はすぐに王を抱きかかえた。その結果、拳はしたたかに僕の背中を打ち、痛くて声が出せないほどだった。

でも僕は手を緩めたくはなかった。地面に倒れてしまった店員にまた暴力をふるうのではないかと思ったから。

「おい、景城、食材を持ってきてと言ったのに、けんかか！」

そう言ったのは呉延岡で、日本料理の調理衣で、戸惑いながらも後ろから飛び出してきた。

彼は僕が事故にでも遭ったかと思い、自分で確認しに来たのだ。その時思いもよらずこの騒ぎに出くわしたのだ。

大柄の呉延岡は王をつかみ出すと、僕の体から引き離した。続けて男性店員を一目見て、頭を振った。

「おい、気絶している」彼はため息をつきながら言った。

「俺の息子のいったいどこが気に食わない。なんでおまえたちはそんな仕打ちをするんだ。いったいどんな間違えを犯したというんだ」

王は大声で吠えながら、顔を真っ赤にして、額には青筋を激しく立てていた。

「ほら、ほら。冷静になって」僕は声を出して慰めた。

僕は王に言いたかった。店員はわざとではない。しかも自分の人生も変わり始めた頃で、自分の期待した姿にむかって変わろうとしているのではないのかと。ただ口にはできず、王の怒りが収まったあとで意気消沈しているのが見えた。彼の口からはまたぶつぶつと何かを言うのが聞こえ、自分を慰める言葉を何か言おうとしていたが、それは喉につかえ、どうしても声にならなかった。

「変わったものは……何もない……」彼は地面にだらりと座り、ぼうっとして言った。

「何？」僕は自分が聞き間違えたのかと思った。

王はもともとずっと地面に倒れた店員を見つめていたが、突然僕にむかって言った。両目でじっと見つめ、こちらを放さなかった。

「私は確かに許の人生を参考にし、一切の財産を投じた。チャンスは多く、暮らし向きもよくなった。でも、……考えてみると、何も変わってない」

「何が起きたの？」僕は聞いた。

彼の表情は暗くなり、視線は、自分の隣で震えつづけ、驚いた目をしてぼうっとしている息子に注がれていた。

「もっとダメになった」王は苦しそうに言った。

この時……

僕は後ろの方からスマホで写真を撮る音が聞こえた。音のほうを見てみると、何人かの人が私たちのほうにカメラを向けている。しかも頭を寄せ合って何か噂をしているのだ。まるで何かとんでもないものを発見したかのように。

「あれ、本当にあの人！」

「そう。最近話題になっている先生。あの人の動画、見たことある」

「なんでこんなことになっちゃったの……」「有名人はみんなとんでもないね。もしかしたらあの人本当にクスリを打っているかもしれないし。あの人の動画見たことあるでしょ？」

「私もちょうどそう思ったところ。どうりでヤクザの事情に通じているわけだ」

高校生のような少年少女が、スマホを片手にいろいろとしゃべっている。しかも絶えずこちらの方を見ながら頭を動かして笑っている。

僕は王の隣にいたが、あのとげとげしい無情な視線は、まるで僕のからだに刺さるかのようだった。

僕は初めて人混みの中で、直接指をさされた感じを味わった。

彼らが言っているのは僕ではないことはじゅうぶんにわかっているが、でも僕はついに王が小さい頃から受けてきた人生の痛みについてわかったような気がしたのだ。

7

その日は大混乱で、呉延岡《ウーイエンガン》と急いで駆けつけてくれた小絵《シアオフィ》の助力で、アイスクリームの男と和解することはできた。でもイベント主催者を驚かしてしまったのはまちがいなく、小絵がうまくまとめてくれて、彼女と男性店員、主催者側の間で話し合い、この騒動もなんとか収まった。

翌日は日曜日で、イベント最終日だった。僕たちはやはり朝早くに起きて、屋台で大忙しだった。

前日の実践演習により、皆は料理の仕方にますます慣れてきたので、人波は減らなかったが、習熟度でじゅうぶんに対応できた。僕が担当した焼きそばの味わいは好評で、呉延岡はこちらの料理を見て、何度も頷いていた。

小絵も笑いながらからかってきた。病院勤務がもう嫌なら、いっそのこと自分で居酒屋を開いたらどうかとまで言ってきた。そうすれば自分も毎日食べに来ることができるからと。

「そんな楽じゃないよ」僕は苦笑いしながら言った。

今日は一日中とても忙しかった。腕をひっくり返す動作がずっと続いて、腕全体が疼きしびれていた。それ以外に、体を動かすたびに、背中に痛みが走った。それは昨日王が取り乱した時に拳を受けた場所だった。

痛みは僕に忘れさせてくれず、不断に彼の存在を意識させずにはおかない。

そして僕が一番気になったのは、王が言った意味深長な言葉。

「もっとひどくなった……」

彼のまなざしは歪んでいて痛みを帯びていた。それはたった一瞬だったけれども。黒い汚れの痕のように、一度付いてしまうと取ることはできなかった。


イベントが終わり、僕たちが一緒に浮木《フームー》居酒屋に戻ったのは、すでに夜九時を回っていた。

店内は厨房から持ち出した各種調理器具が散乱し、テーブルのうえに乱雑に積まれていて、元の場所には戻されていなかった。僕たち四人はカウンターに座り、店にあった生ビールをがぶ飲みした。週末の二日間でたまった疲労は、あっという間に消えていった。

「この二日間、店の営業はしなかったけれど、でも収入はちょうど二倍になった。きみたちほんとうに頑張ったね」

　呉延岡はテーブルでこの二日間の売上を数えていて、思わず賞賛してしまった。

「そう！　最初に私を断ろうとしたのは誰？　ははは、次回またイベントがあったら、一緒にやろう！」小絵は自慢げに、笑っていた。

「すごく面白かった。けっこう疲れたけれど、でもまじめにやれば、依頼の案件よりおもしろいかも」凱文は酒を飲みながら、思わず頷いた。

「あれ？　景城《ジンチョン》、少し休んだらどう？」小絵は僕が放り投げていた書きかけの「台本」を指さして、疑うような視線で言った。

「忙しかったんだから、そんなにまじめにならなくても！　それでは、こちらが怠けているみたい」

「あ……ごめん、ごめん」僕は口元ではこう言ったけれど、でも目はノートから離れず、製薬会社の倉庫に侵入する展開についてずっと目で追っていた。

「王《ワン》が選んだサンプルに何か問題があったの？」凱文は僕の隣に体をおいて、興味津々で聞いた。

「何も問題はないけれど、でも安心できなくて」僕はそう答えた。

「あまり深く考えないほうがいいよ。この間はうまくいかなかったけれど、でもそんなのいいじゃない。倉庫の外についている警報器は新しくて、ふつうの泥棒なら解除できないかもしれないけれど、でも小絵から言えば、そんなのはまるで朝飯前」

「わかってる。でもやはりどこか変だ」

「もう、景城はリラックスしないと。それなら今凱文《カイウェン》と一緒に行こうか。日曜日で誰もいないだろうし。守衛もだらしないから。一時間ちょうだい。そうすれば、私と凱文ですぐに片付けてあげる。どう？」

小絵は一日の仕事を終えて、緊張感がとれたために少し飲み過ぎていた。顔は赤く、興奮しながら袖をまくり、凱文をひっぱり外へ飛び出ていこうとする勢いだった。

「ほら、座ってて！」呉延岡は思わず低い声で怒鳴ってしまった。二人は声を上げられず、眼を合わせ、静かに席に戻った。

「週末の真夜中に？」

「うん。調べてきた。ふつう会社は週末の日曜日が休み。もちろん残業する人もいなくて、だから日曜日の夜は守衛さんも緩くて。人員だって限られているし。結構みんな知っているのかと思ったけれど、まあいいか、来週にしよう」小絵は舌を出しながら言った。

僕はもともと頭を低くして深く考えていたのだが、突然小絵の言葉が聞こえたので、しばらく黙ってから、ぐっと頭をあげた。

「簡単？……本当にそうなの？」

僕はポケットからスマホを取り出し、王の勤務する学校名を検索した。

学校のホームページに入り、許《シュー》校長の個人ページにたどり着いた。

体格のよい背の高い中年男性で、事務机に背筋を正して座る写真がすぐにディスプレイに出てきた。

「やはり……」僕はそれを見て立ち上がり、ノートを閉じた。

「ちょっと出てくる！　待ってなくていいから」

僕はそう言い終わると、居酒屋の引き戸を強く引いた。寒風が室内に吹き込み、身震いしてしまった。この時、僕はコートを店内に置いたままだったことにも気づかず、すぐに走り始めたのだった。

製薬会社の倉庫は首都病院のすぐ近くだった。そこは昼間商業エリアで、デパートもいくつかあり、街を歩く人も多い。ふだん用事がなければ、この時間にその近くに行くようなことはない。夜になれば、そこは様子が全然変わってしまうのだから。

僕は大急ぎで狭い路地を進み、ネオンが光る怪しく妖艶な光を見ていた。

背広を着た若者がネオンの下に立ち、僕に声をかける。僕が彼らの想定する客ではないと知ると、頭をむけるのもおっくうな様子で、黙ってたばこを吸い、僕が歩いて行くのを見つめている。

今、外の気温はとても低くて、寒さなど感じられなかった。耳には足音と心臓の波打つ音が聞こえるだけだった。

昨日王が言っていた言葉ははっきりしなかったけれど、でも息子の反応は非常に不自然だった。最近ずっと病院で残業しながら、大量の精神医学の資料を読んできたので、王が言う「もっとひどくなった」という言葉が気になったのだ。

もしかすると小光《シアオグアン》は長い間クラスメートにいじめられてきて、突然似たような刺激を受けたために急な反応を示したのではないだろうか。

僕が病院で見たたくさんの精神科のケースだと、小光の反応は、彼自身がうつ病を患っている可能性が非常に高かった。

僕は医者ではなく、このような推測が正しいかどうかわからないけれど、でもポケットの中に入れているスマホにはそう表示されている。あの時王は人生を変えるために、前に自分をいじめて成功した人をサンプルとしたが、それは最初から間違えた選択だったのだ。

許は王の学校に赴任した新任の校長で、しかも幼い時に彼をいじめたきっかけとなった。

さらに重要なのは……

許は前にワラビに来て、僕たちに百憂解《バイヨウジェ》を盗むよう依頼した阿強《アーチアン》であること。偶然が重なり、二人はなんと同時にワラビを頼ってきていた。でも、浮木の居酒屋で出会うことはなかった。

王が自分の人生を変えるために、許をサンプルとしたのだ。つまり阿強の成功した人生だ。でも王が知らなかったのは、光り輝く、人もうらやむような成功者の背後にも悩みがあり、許も妻のうつ病に苦しんでいたということ。

許の人生をサンプルにしようとしてから、王はこの時以来、彼の身の回りの家族の精神状態にことごとく神経を使うようになった。

他人の成功した人生を使ったことで、相手の人生の善し悪しすべてを、一身に背負ってしまったのだ。

今、彼の息子の小光は、まさに阿強の悪い一面へと一気に進んでいる。子供の状況も、許の妻の病状もますます似てきてしまった。

しかし、この一切のことは、王にはどうしてこうなるのか理由が全然わからなかった。小光がいじめを受けたことでうつ病を発症したとだけ考えていたのだ。

どうりで王は蔑視やいじめについて、激しく反応するわけだ。

それ以外にも、もしかすると王は学校で百憂解の在庫がまだあることを聞いていたのかもしれない。だからあの日小絵と行動する時に、彼が製薬会社の倉庫でうろうろするのを見かけたのだ。

彼の過去の行為から考えると、忍び込むのは盗むことになれてしまった彼から言えば、すごく簡単なこと。

凱文がその後に得た情報によると、製薬会社の倉庫の警報器は今販売されている中で一番新しいもので、この方面に通じていないと、解除するのは非常に難しいという。

僕は走りながら、王が衝動にかられてこの時間に行動を起こさないことを願っていた。

前方にはコンクリートの三階建てが見え、製薬会社の倉庫だった。

僕は通りに面したビルの一階の角から、倉庫の方をのぞいた。

シャッターは警備会社のシステムにつながれ、正方形の金属の箱が暗闇の中で電子機器の光を放っていた。光の点滅は速く、少し不気味だ。

周囲はあいかわらず静かだった。

ほかに、外壁にもたくさんの監視カメラがつけてあり、おそらく前回の小絵たちの行動が発見されて、より一層警備を強化するようになったのだろう。

僕は監視カメラに映らない場所に身を隠して、静かに観察した。

「こんなに監視がきびしくて、王が急いだとしても入ってきたりはしないだろう」

僕はそこに十分ほどたたずんでいると、体もゆっくりと冷えていき、突然寒気を感じた。倉庫の窓は依然として静かで、その中に非常口の緑色マークが見えた。室内では人が動いている様子は感じられない。僕は考えすぎなのだろう。今夜は実に静かだ。

実は自分でもわかっていなかったのは、どうして王に対してこんなに熱心なのかということ。ワラビのほかのメンバーから言わせれば、王はワラビに人生を変えてくれるように救いを求めてきた一人にすぎない。

でも、僕も王と同じように人に指をさされた感じを思い起こすと、どこか王と一緒になっているような感じがして、皆から馬鹿にされる居心地の悪さを思い出すのだった。

ワラビに加わる時、監督は僕に言ったことがある。もし明らかに事態が悪化しているというのであれば、その展開に任せていると共犯と同じになってしまうと。

確かに、この世の中では同じようなことは非常に多く、そのうちいじめは最も多く発生するケースだ。在学中の無視あるいは社会に出てからの職場での孤立など、僕たちのこの社会では、いじめは一向に減らない。

言葉を換えて言うならば、表面では減少したかのように見えるけど、もしかしたら私たちのあまり詳しくは知らないものに変わってしまっただけなのかもしれない。人類の悪は、私たちが常態化させるやり方で繰り返し現れるのである。

苦しみながら、困難を突破する人から言わせれば、人生は自分の両手で変えるしかないのだ。誰もみすみす自分の人生を捨てようとは思わない。歩む道がなくならない限りは……

僕は一階の軒下で長い間たたずみ、深呼吸して、もと来た道を戻ろうとした。

その時だった。黒い影が倉庫の後ろから出てくるのが見えたのだ。

黒い影が移動するのは決して速くなく、目をこらして見てみると、警備会社の服装をした男だった。

だが男は当直中のような感じはせず、路地裏の角に立ち、左右を見ながら、怪しげな表情をしている。

「守衛だろうか？　こんなところに隠れて何をしているのだろう？」

その時突然、僕は遠くからかすかに聞こえてくる不思議な音を聞いた。

それは倉庫の裏にある路地から聞こえる音で、僕は不思議に思った。そこで向こうの軒下に移ってみた。その位置は状況を知るのにもっと適していたから。思いもよらず、一目見て、びっくりしてしまった。

黒いシャツを着た背が高く痩せた男が、地面に横たわっている物体に対して蹴りを入れていて、ずいぶん凶暴な感じがした。一見すると近所のチンピラが暴れているかのようで。

「おまえはそんな金しかないのか？　売れっこだろう。これだけじゃあ俺たちで分けても足りない」

黒衣の男がまた蹴りを入れると、苦しそうなうめき声が聞こえてきた。

「おい、もういい。教訓になった。さらに蹴ると大事になる」

警備員の格好をした男は、びくびくしながらあたりを見回し、思わず言った。

「へっ、面白いのに。こいつだって警察には通報できないし。死にはしないんだからもっとやろう」黒衣の男はずっと口汚く言っていた。

僕が隅でうかがっていると、この時真っ黒な雲は次第に散っていき、月の光が隙間からおぼろげに出ていた。闇夜の路地で人影は月光に照らされてはっきり見えた。

地面に倒れているのはジャージを着た中年の男で、彼は体を抱えながら黙って仕打ちを受け、苦しそうで表情が歪んでいた。男の財布はすでに持って行かれ、硬貨があたりに散らばっていたが、男は地面に倒れてもしっかりとリュックを抱え、黒衣の男に持って行かれないようにしていた。

「王福芢《ワンフーレン》——何してる！」

このとき僕はようやく地面に横になっている人がはっきりと見え、頭が急に熱くなった。

何も考えず大声で叫びながら、駆けていった。

黒衣と警備の男たちは僕の叫び声に驚いたのだろう。こちらを見た。僕は彼らがやめると思ったが、こちらは一人なので、黒衣の男は口角を上げ、薄笑いをうかべるだけ。

「おい、おまえ仲間がいたのか。あいつ、もしかしたら金を持っているかも」

黒衣の男はまた蹴りを入れ、同時に僕のことを頭から足先まで見て、むかってきた。

僕にとっては想定外で、足が思わず止まってしまった。でもこの時もう出直しはできず、無理をしてでも出て行くしかなかった。

「景城、けんかは任せろ。俺がやる」

　この時、耳元で若い男の声がした。その声が消える前に、素早い影が向こうの軒先から出てきた。

　凱文だ。

　その背後には小絵までいて、彼女は倉庫の外の監視カメラを指さし、いたずらっ子ぽい笑みを浮かべていた。なるほどカメラはすべて彼女が角度を動かしていたのか。この時僕たちの位置は、カメラには全然映っていなかった……

　凱文がすぐにやってきて、僕は大きく安堵した。二人は追っかけていき、チンピラの二人は情勢が悪いと気づき、暴言を吐いた後、煙のように逃げてしまった。

「変だと思った。いつから守衛が増えたのかと。偽物だったとはね。二人一組で、もっぱら夜間の通行人に喝上げする人たちみたい」

　凱文はじっと彼らが消えていった路地を見つけて、こちらをようやく振り返った。

「王福茫！　大丈夫？」

　僕はそばに駆け寄り、ぬかるんだ地面から抱き起こしてやった。

　王はぼんやりしながら、口ではブツブツ言い、何を言っているのかわからなかった。

「おいおい、しっかりしろ！」

　僕は彼を揺さぶり、体にたくさんの擦り傷があり、額は大きく腫れているのが見えた。幸いにも骨折はしていないようで、生命の危険もないようだ。でも一目見るだけで、怪我の程度はびっくりするほどだった。

王は閉じた両目をゆっくりと開いた。

「ごめんね……」王の視線はうつろで、口ではブツブツ言っていたが、ついにその言葉が聞き取れた。

僕と凱文は僕たちにむかって謝っているのかと思った。

一体どうしたのかと尋ねようとした矢先に、彼の言葉の続きが聞こえた。「小光……ごめんね……お父さん、家に帰るから」

僕と凱文はお互いに目を合わせ、表情が急にきびしくなった。

この時、王はついにこらえきれなくなり、抱きかかえられていた腕をひろげ、胸からリュックが地面に落ちた。ファスナーのところからは、見慣れた白色の紙箱の頭が見えていた――それは百憂解の包装で、リュックの中は紙箱でいっぱいだったのだ。

8

「本当に命知らずだ。なんでこんなに蹴るのか」

呉延岡《ウーイエンガン》は眉をひそめ、おでこを大きく腫らした王《ワン》を見て、すぐに厨房の後方に入ると、救急箱から三角巾を出してきた。

王は一言も話さず、居酒屋の席で、意気消沈していた。

先ほどのけんかの後、僕と凱文《カイウェン》は二人で力を合わせて彼を店まで連れてきた。

もともと救急車を呼ぼうかどうか考えていたけれど、でもすぐに気づいたのは、彼がたくさんの百憂解《バイヨウジエ》を持っていたということ。明らかに、彼は僕らが着く前に、守衛が手薄なのを見計らって盗みを働いていたのだ。

僕は推測した。おそらく、彼はとっくに警備システムに触れてしまったのだろうけれど、自分では気づいていなかったのだ。

いったん現場に残って救急車を待っていたが、警察に問いつめられるのが不安だった。

やはり数分後には、サイレンを鳴らしたパトカーが僕たちの後ろから飛ぶように走って行き、後のことは推測どおりだった。

長い時間沈黙していた王は、頭を下げて、拳に力を入れながら体を震わせた。

「くそっ……なんでこうだ」

王は頭をあげ僕を見て、その目は納得できないと言っていた。

僕は王が「ワラビの部屋」が詐欺で、自分が支払った現金を返せと言い出すのかと思ったが、続けてとても予想外のことを言った。

「俺の問題なのか？　俺がズルをして人生を変えたとしても、運命はなんで俺のことを許してくれないのか」

僕が王を見ると、毅然とした顔つきから疲労の表情がにじみ出ていた。

「最初から、俺がどんなに努力しても、何も変えられない」

王は今までの人生に対して、独断で結論を出した。

傍らから見ていると、王は温和で毅然とした人のように見えるが、でも彼は今でも学生時代の、絶えずいじめられた暗い影から逃れることができないのだ。

彼からしてみると、自己否定が現実が順調でないことへの弁解したい一番の理由となっていた。さまざまな方法で自分を励まし、自分に勇気を与え、想定外のことに出会ったとしても、王はやはりいつものように自分を否定する。

「しっかり努力すれば、小光《シアオグアン》も俺と同じような道を歩めると思ったのに、でもそんなことは不可能で、しかも俺と同じように無視されて、父親の俺自身の問題なんだ……」

王は少し黙ってから、苦しそうに続けて言った。「たぶん小光を生むべきじゃなかった。そうすれば俺のこの呪われた運命で生きる必要もなかったのに」

「ちがうって！」僕は大声を出し反論したが、それは自分でも予想外だった。

呉延岡と凱文は同時にこちらを向き、静かに僕を見た。

「王福荏《ワンフーレン》、昔自分がいじめられたとしても、小光が今無視されていたとしても、そんなことは努力したかどうかと関係ない！」僕は真剣に言った。

「昔どんな経験をしたか知らないけれど、いじめなどは、その人が優秀かどうか努力したのかしなかったのかなんて、全然関係ない」

「でも……俺は弱いんだ。だから人に馬鹿にされる」

王の表情は、昔彼が初めて馬鹿にされ無視されて両親に言った時、それは自分が弱いからだと責められた過去を感じさせた。

「教師なら、知っているでしょう。いじめの原因は、そこではないと」

「ええ……」

彼は沈黙し、まるで自分の内心にある触れられたくない領域を刺激したかのようだった。

「いじめられたとしても、無視されたとしても、その理由なんて探す必要はない。わかるでしょう。自分から他人を無視する人は、たいていクラスで元気のある者で、大声をあげて仲間を連れて他人をいじめることで、クラスでの自分の地位を守ろうとしているだけ。でも、馬鹿にする相手のことなんか全然考えていなくて。だから自分がどんな風に変わっても、そいつらが用意した罠に落ちるだけ」

僕の言葉は一言一句、王の心に突き刺さった。僕は彼の表情がどこか歪んでいるのに気づいた。

「だから……俺と小光は不運なだけ！　俺は小さいときからずっといじめられてきたけれど、それも訳があるからなのだろう」

王は人を戦慄させるほど憎しみに満ちたまなざしをして、その目は不満と怨恨に満ちていた。

「また何だよ」ずっと隣で静かにしていた凱文が、突然こう言った。

「何……なんだ」

「おじさんさ、そんなに弱みを見せないでよ。俺は小さい時から国外でそうした険悪な環境でもがき続けてきたけど、もしそう言うのなら、昔おじさんが向き合った環境よりよっぽど残酷なはず」

凱文は頭をあげて話した。彼の年齢は王の半分だったけれど、その気迫だけは負けていなかった。

「おまえに何がわかる……」

彼は凱文が突然口を挟むことを予想していなかったようで、その表情はいささか困惑していた。

「もちろん。俺はおじさんじゃないし。もちろんおじさんが歩んできたことなんてわからない。でも両親が近くにいてくれなかった俺から言わせると、俺が受けた辱めはおじさんのよりよっぽど少ない。だから口を挟む権利くらいある」

凱文は突然自分が私生児だと打ち明けた。

僕は呉延岡をちらりと見たが、彼は意味深長に口角を少し上げただけ。

凱文の話は、僕と呉延岡が推測したとおりで、彼の父親は慚愧の念でいっぱいだった。そのため精一杯凱文を育て上げて英才教育を施した。でもそのやり方は西洋社会で生きていた凱文とは合わず、そのため同級生たちの凱文に対するいじめも少なくなかった。それに人種差別にもとづく蔑視感情はどうしても克服できなかったので、とても大きなストレスと苦痛を感じていた。

僕たちがいつも思うのは、国外の生活はすべてにおいて素敵だということ。でも想像できないのは、そのような場所にいても、他者や弱者をいじめようとする行為があること。

人に見下されないように、凱文は一生懸命勉強し、体を鍛えた。その背景にあった理由は趣味や健康管理のためではなく、自衛のため。

「きみもたいへんだったね……」

王はもともとけんか好きな人間ではない。凱文の話を聞いた後で、崩れかけていた顔の輪郭が急に元に戻ってきた。

「あるいは……もし、きみの言うとおりだと、私はとても弱い人間だ」王は胸の内の落胆を隠せなかった。

「そう？　そうは思わないけれど」僕は笑いながら言った。

王は戸惑っていた。僕が彼のことを慰めていたと思っていたから。

「どちらにしても父親になれる人は少ないから、子供のためになんでそんなに違法なことまでするの」

僕は椅子の下から今晩の豊漁リュックを取り出し、テーブルの上に出して王のほうに押した。

王は自分のリュックを見て、突然恥ずかしくなった。

彼は盗みを働いてから初めて人の前で問い詰められたようだった。とっさに何を言えばよいのかわからなかった。

「安心して、私たちは警察に突き出すわけではないから。そうでなければ、あなたもここにいるはずはないでしょ」

呉延岡はテーブルのほうにやってきて、皆のためにお茶をついだ。

「それなら」

彼は注意深くリュックを取り戻し、惜しそうな顔をしていたので、僕は思わずたずねてしまった。

「小光の様子はどんな感じですか？」僕は直接聞いてみた。

「なんで知っているの……」王は驚いた様子をしていた。

「イベントの最中に、小光がどこかおかしいと思って、それに今あなたのリュックからも薬品が出てきて」

「ええ……そうですよね」彼は少し息をのんでから、続けて言った。「状態はよくないです。前に息子は学校に行けたけれど、今ではちょっとした刺激があるだけで、周りの者が自分のことを汚いと嫌っていると思ってしまう。全身萎縮してしまって敏感で、病院にも連れて行ったことがあるけれど、やはりうつ病を発症していて……私がよく面倒をみなかったばかりに」

「本当に大変だったね」

「自分が背負うべき道だから」

「本当は、小光も変わると思う。全部いじめが原因でそうなったわけではないし」

「どういう意味？」

彼の視線はリュックから僕のほうに移り、顔には困惑した表情が現れていた。

僕は少し息を継いでから、直接的には答えなかった。スマホを持ち出して画面を見ると、未読メッセージがあった。小絵《シアオフイ》が数分前に送ってきたものだ。

「ＯＫ」小絵のメッセージは二文字だけ。

「ごめん、気が散ってた」

　僕は注意力を王のほうに向けた。

「さっき言っていた小光がうつ病を患ったという話、ほかに原因があるんですか?」王の体は前屈みになり、いきなり聞いてきた。

「焦らないで。まず一つ質問させてください。どうして倉庫に百憂解があるとわかったんですか?」

　僕は彼の眼鏡を見つめながら、目が泳ぐのを逃がさなかった。

「私は……」

　彼は目を瞬かせ、こちらの視線を避けて、少し躊躇した。

「もし不都合なことなら、結構です」

「いえ……」王は口をすぼませ、顔色を変えて言った。「前に、許《シュー》の家に忍び込んだのですが、自分がサンプルにする成功した人生とはどんな感じなのか、近くで見て確認したかったから……」

「何か見つけたのですか?」

「いえ、ふつうの人でした。平凡な家庭で、でもその時僕はある秘密を知ってしまって……」

「どんな秘密ですか?」僕は知りたくなった。

「私は彼が製薬会社の営業資料をたくさん集めているのを知りました。それはすべて機密情報のようで、彼がどのような方法でそれを得たのか知りませんが。ほかに私が見つけたのは彼がちょうど大量の外国の薬品を盗もうとしていること。そこでやっとわかったのです。彼が学校にいるときのように上品な感じではなく、昔と同じでうまい汁だけ吸って、私よりもまともなところなんて全然ないことを！」王は不服を言った。

「まあ、それは間違いない。多くの人が家の外と中で態度が違って、やっていることはまるで別のこと」僕は軽く頷きながら、彼の話に合わせた。

「そうでしょう。私は全然理解できない。どうしてあの人がこんなに表と裏が違う人なのか。これほど成功しているのに。私はやっとわかったのですが、以前の自分はとても真面目でした。どうりであの人から馬鹿にされるはず」

「でも僕は思うのですが……今回は失敗だったのではないですか？」

「失敗？」

「許校長はまだ小さいころ、阿強《アーチアン》って呼ばれていましたよね？」僕は冷淡に聞いた。

「阿強……そうです。たぶんそう呼ばれていました。でもだいぶ昔のことです。どうして知っているんですか？」王はぼんやりと口を開けて聞いた。

「阿強は、あなたが言っていた許知村《シュージーツン》でしょ。あの人も僕たちに依頼してきたから」

僕はリュックを指さした。

続けて、その理由を話してあげた。阿強が僕たちに依頼したのは、妻の重度のうつ病を治療するためで、危険を冒しても、僕たちに百憂解を盗んでほしいと依頼してきたことを。

王の顔色は青くなったり白くなったりして、どうしてこのようになってしまったのか全くわかっていないようだった。

「僕が当初理解していたように、あなたは人生を変えたくて、新しい人生はますます自分がサンプルにしたい対象のようになっていった。だから最近は有名になって、次第に許のように人々の注目を集めるようにもなった。でも別の方面では、彼は家族のうつ病に苦しんでいて、この点をあなたが背負い込むようになった」

僕はどうして小光の症状が最近重くなってきたのかを説明しながら、同時に王の反応をうかがっていた。彼は真っ青な顔をして、魂がなくなってしまったかのような様子で、このことをまだ完全には理解できていないかのようだった。

「どうして！」王は両手を伸ばして、僕の衣服をわしづかみにし、大声を出した。「どうしてこうなる！　なぜ、言ってくれなかった！」

凱文はその様子を見て、すぐに立ち上がり、王を押さえつけた。

彼は激高した王を見つめ、うかつに手を出すことはできなかった。

「ごめんなさい、僕も前から同一人物だと気づいていたのですが、でも依頼案件は違法なことで、偽名でこちらと接触することもよくあります」

僕は冷静になって言った。

「だから……話を戻すと、私が自分で小光を駄目にしたというの？　そんな馬鹿な」

王は手を緩め、苦しみながら席についた。全身が一瞬のうちに空気の抜けたサッカーボールのようになった。

「私は自分の運命を変えるために、小光を病気にしてしまった……私はいったい何をやっているのか……」

王は目の縁を真っ赤にして、顔の筋肉を動かした。彼はなんと生涯で蓄えた全財産を支払って、これまでずっと理想としていた人に近づいたけれど、でも身の回りにいる最愛の人を痛めつけてしまった。

皆、重苦しい沈黙の中に沈んでいた。

この時、居酒屋の引き戸が「すっ」と開いた。

十二月の強烈に強い冷風が一瞬にして店の中に入ってきて、室温は急に下がり、室内が凍りついたかのようになった。

「ようやく間に合った」

小絵がぜいぜい喉を鳴らしながら引き戸を引き、大口開けてで空気を吸っていた。ずっと走ってきたのだ。

彼女の後ろには、黒色のコートを着た、背の高い中年男性がいた。

彼は黒縁の眼鏡をかけ、白髪の交じった髪の毛はかすかに巻き上がり、一時的に外に連れ出されたかのような感じだった。でも体全体は、写真の中の人と同じように洗練されていた。

僕は一度会っただけ。製薬会社の倉庫にある百憂解を盗み取る計画を立てたのは、彼から始まったのだ。

「王先生……いや、やはり阿荏《アーレン》と呼ぼう」許は店の中に入り、呆然自失となっている王を見た。

ドアのところには、王が勤めていた学校の校長の許がいて、彼は昔のクラスメート「阿強」なのだ。

王はぼんやりしながら彼を見た。全身ぼうっと椅子に座っていて、どうしたらいいのかわからず、話もどこから始めればいいのかわからず、数秒後にゆっくりと正気を取り戻した。

「校長先生、どうしたのですか？」

「ここで私のことをそう呼ぶ必要はないよ。阿強でいい。昔と同じように」

「……」

王は返事をすることなく、ただずっと彼を見つめているだけ。

許は王の目の前に来て、突然大柄な体を折って深く一礼した。全身がまるでテーブルに当たってしまうかのように。

「ごめんなさい、本当に申し訳ない。昔あんなにつまらないことをして、ずっと苦しみのなかにいて、この何年か僕は全然知らなかった。本当にすまない」

許は頭をあげ、彼は話し始めると同時に、体も震え始めた。

「校長先生……」

「実はわかっていました。阿芒、きみはあの年に転校していった時のクラスメートだと。でも、……僕が全然思い出せないのは、自分が前にこんなにひどいことをしたということ。私は本当に申し訳なく思う」

許の顔は赤くなり、申し訳なさそうにもう一度王にむかってお詫びをした。

「今頃言って何になる！」王は大声で言った。「全然知らないだろう。おまえの行為が子供に大きな傷を与えたことを！」

「ええ。当時の私は確かに知りませんでした。それにあなたが私に笑われた唯一の人だったかどうかもよくわかりません。すみません、私は本当にあなたの上司になる資格はありません」

許の言葉からは聞き取れた。今は彼の心理状態もよくないことを。

「謝ることで済むのならそれでいい。本当のところ、俺は今おまえのことなんてどうでもいいと思ってる。どうやって息子に健康を取り戻させるのかってことだけが気がかりで。この点わかってるのか？」

王は憤りながら怒鳴った。彼が何十年もためてきた不満や怒りを、一気にぶちまけた。

許は反論しなかった。ただ静かに頭をあげ、彼の目の縁は赤く、怒り狂った王を見つめ、ゆっくりと言った。「わかる。私はお互いの心情がよくわかる。あなたと私は同じだから」


王は呆然とした。

先ほど許がここに来た時、ものすごく動揺していたけれど、今では落ち着きを取り戻し、ようやくしっかりと目の前にいる昔のクラスメートを見つめることができた。

王は、彼自身が話すこと以外でも、許の痛々しい表情を見ると、自分も同じなのだと思うようになった。

彼が目を閉じてみると、相手の痛々しい表情がまるで一面の鏡に映ったかのようで、自分とまったく同じように思えてきたのだ。

本当のところ、二人の心情はほとんど同じだった。二人とも自分の愛する人に心を痛め、苦しんでいた。

僕は隣で静かにすべてを観察していた。

「俺に言わせればね、おじさん、おじさんの人生は、そんなにひどくはない」凱文は突然言った。

「何だって」王は疲れを見せながら言った。

「誰でも困難と向き合って逃げたい時があるけれど、俺はこの種の経験は誰でもあると思う。自分の不幸を、今校長を務めている悪童のせいにするけれど、自分の前向きな生き方は全然考えてない」

凱文は少し息を継ぎ、続けて言った。「俺は別に間違いを犯した許校長の肩をもちたいわけではない。誤りは誤り。でも考えてみれば、この人だっておじさんと一緒で、奥さんの病状に困っていて、毎日心配しないといけない。一生懸命自分の環境にむかって挑戦している。だから俺が言いたいのはこの点はまだちょっと校長先生には負けているのではないかっていうこと。おじさんの動画を見ているとすごく面白いし、多くの人が好きになるのもわかる。そうでしょ？」

凱文の言葉は鋭かったけれど、でもその口調は慎重で柔らかく、どの言葉も王の心に残った。

王はこの話を聞いて、最初ドキドキしていたが、やがてその表情は緩んできた。

この数年、彼はとても孤独だった。次の世代のために、彼はすべてのことを黙々と受け入れたのだ。しかし過去の傷は癒えず、誰も彼の心情を理解することはできなかった。彼は自分が世界で一番不幸な人だと思ってきたのである。

小光もいじめを受け、うつ病を発症し、彼は壊れていった。

彼は自分が二人分の不幸や周囲の人から受ける二倍にもふくれた異様なまなざしを背負いきれるかどうか不安だった。こうして生きても、人生にどのような意義があるというのだろう。でも、今になって、ようやくわかったのは、自分は決して特別ではないということ。どの人にも他人が知らない傷と克服しがたい問題があるのだ。

王の目の周りにはいつの間にか涙があふれていた。両目を閉じると、涙が頬にこぼれ落ち、傷口に滲み、淡い血の色に染まって、彼がきつく握る拳に落ちた。

「阿芒……」許は思わず王にむかってそう言った。

「ごめん」王は頭を低くして謝った「ごめん、みんなに迷惑をかけた……」

王がその場の騒動を引き起こしたのは、事実であったが、でもこの時には彼を責める者は誰もいなかった。逆に彼のこの何年かの不遇に同情するくらいだったのである。

問題は現在の王の胸中が、後悔以外にも、人生の書き換えを望んだばかりに小光の病が重くなってしまい、それをどのように取り戻すのか、といった点を考えるのでいっぱいだったこと。

他のことは彼から言わせると、少しも重要ではなかった。

僕の心に葛藤が残る時、突然居酒屋の二階から奇妙な音が聞こえた。

僕は本能的に頭を振り向けると、なんと二階に通じる階段の暗がりの中に、初老の男性が立っていた。

監督だ。

初めて監督が下に降りてくるのを見て、僕はものすごく意外に思った。

彼は何も言わず、まっすぐに僕を見つめるだけで、そのまなざしはまるでこう言っているようだった「まだぼうっとしていて。きみがどうにかしないと」

僕はまるで蚊がなくような細い監督の声を聞いたかのようで、はっとしてみると、監督はゆっくりと上の階へと歩いて行くところで、隅に消えていった。

そう。僕の番なのだ。

「もし、もう一度チャンスがあるのなら、やはり校長先生の人生を選びますか？」僕は王にたずねた。

「え……そんなの今さら言っても。遅いでしょう」

「そうですか？　そうは思わないけど」僕はそう言いながらノートを取り出し、テーブルのうえに広げた。深く傷ついた王を見つめながら、そして言った。「もし自分の人生に向き合う勇気があるのなら」

「え……今からだと間に合わないでしょう？」

「そう？　僕はそうは思わないけど」僕はそう言いながらノートを取り出し、テーブルの上に広げた。そして苦痛の中に深く沈んだ王を見つめながら、言った。「もし自分のもともとの人生と向き合う勇気があるのなら、もう一度書きましょう」

王は心の底からわいてくる複雑な感情に強く耐えていた。

「私のもともとの人生ですか……」彼は顔を覆い、その声が指の隙間から漏れてきた。

9

王《ワン》のこの時のまなざしは、助けてほしいという気持ちと同時に捨て去りがたいという気持ちも混ざっていて、二つの相反する力が彼の心の中で引っ張ったり、引き戻されたりしていた。王の反応からわかるのは、これがすぐには返答できない問題だということだ。

僕には王のこのときの気持ちがよくわかった。だからさらに彼のことをせかすこともなく、再度問いただすこともなかった。ただ、静かに彼の反応を待っていたのであった。

自分で勇気を振り絞り、心の中で完全ではないさまを受け入れてこそ、本当の意味で自分の人生を過ごしたことになる。

「ええ、わかりました」

王は顔を覆っていた手を徐々に緩め、疑い深くギラギラしていた眼差しは消えていた。その代わりに、きっぱりとした意志が見えた。

「私はどうしたらいいんでしょう?」

まるで人が変わったかのように、その眼差しはとても真剣でこちらを向いて聞いてきた。

「もう一度「ワラビの部屋」に入り、自分の人生の台本を変えなければならない。唯一異なるところは、今回サンプルにすべき人生は、自分の元の人生だということ」

僕は続けて説明した。自分の人生を取り戻した後には、将来何が起きるのか誰も予測することができないし、今よりもよい暮らしをしているとは誰も断言できないと。

以前、林雨琦《リンユーチー》のケースで、僕は新しい人生が必ずしもよい人生とは限らないということを学んだのだ。新しい人生への不満が少しでもあると、内心の反発を生んでしまう。人はこういう生き物で、自分で一度は経験しないといけないのかもしれない。そうすることで、自分にとって、本当に重要なことは何なのかがわかるのだ。

王は黙ってこのことを聞いていて、それから頷き、同意した。

「わかった。じゃあ、始めよう」

僕はノートに王の名前を書き、続けてノートを彼の目の前に放り投げた。

「試してみます？」僕はペンを彼の手元に軽く置いた。

「……」

王は目の前のノートを見つめた。ノートには氏名が書かれている他は、何も書かれていなかった。

数秒考えたあとで、頭を振り、ノートを僕に戻した。

「突然そんな風に聞かれると、何をどう書けばいいかわからない……」彼はそう言った後、申し訳なさそうに笑い出した。「『未来の自分』に、自分でどんな人生にしたいのか決めさせよう」

今夜は彼の人生で一番起伏の激しい一晩で、全身傷だらけだった。でもこの時には見たこともないようなやさしい笑顔を見せていた。

僕は王を連れて、居酒屋の最上階にある小部屋に入った。

「本当に信じられない。自分がもう一度ここに来るなんて信じられない」

彼は「ワラビの部屋」のあの木製ドアを見て、感心しながら聞いた。

「僕もそう思う」

僕は王を見つめた。もともとは彼の人生を変えようとして、すべて希望通りに進んでいった。でも、予想外にも事態はこんな状況に展開してしまった。

「遠回りして、何も変わっていないようで。でも、もともと自分の人生だったものを取り返したようでもあって。そうは言っても、自分では決して不満な感じはせず」

「それはよかった」僕は淡々と答え、続けて言った「本当のところ、ここに来たことを後悔してない？」

「自分の人生をまた変えようとしていることかな？」彼は振り向いて聞いた。

「そう。もしここにこなければ、今でも財産は自分の手元にあっただろうし、でもこのために、全部失ってしまい」僕は胸の中で考えていたことを残らず言った。

「それはそうだけど……でも……」王は自分自身に対して低い声で言ったかのようだった。「私は許には感謝している。なぜだかわからないけど、今日彼の苦しそうな顔つきを見たら、私はとても恥ずかしく思った。彼の成功はただの偶然かと思っていたけれど、すべて不公平の運命が導いたこと。私は自分がまちがっていたと知りました」

「恥ずかしく思った？」

「はい。彼も奥さんの病気の件で擦り減っていたと思います。でも、毎日会っている限りでは、全然そんなことはわからず、彼の業務内容も私よりもっと多くて煩雑で、それでも皆で力を合わせて頑張ろうなど言っていました。彼ははっきりとは言っていませんでしたが、でも僕には本当に重要なことは何なのか、わかったような気がしたのです」

「なんでしたか？」僕は興味を持った。

「自分はもっとよい状態になるという勇気でしょう」彼は恥ずかしがりながら笑った。

「ワラビの部屋」の木製ドアが開き、室内は真っ暗だった。

僕は暗闇の中で、監督が両腕を組みながら、窓のほうを向き、こちらを振り返らないのが見えた。

王は僕が代わりに書いてあげた真っ白な台本を抱え、ドアの中に踏み込んだ。

「あの……」僕は急に言った。

「前の人生に戻っても、動画は撮り続けてもいいと思う。全部見終わってしまうと、もしあなたが続けないのであれば、すごく惜しいように思うから」

王は僕がこのように言うとは思っていなかったようだ。ぼうっとしてから、頷いた。

「ワラビの部屋」の木製ドアがゆっくりと閉まった。

夜は静まり、浮木居酒屋《フームー》の明かりはまだついていて、暖色の明かりが室内を暖かく照らしていた。王が「ワラビの部屋」から出てくるのを持っていた。ものすごく時間がかかったが、誰も帰ったりはしなかった。

僕と王が上の階にいた時、呉延岡《ウーイエンガン》はプロデューサーとして、まず全体の依頼案件の進捗状況を確かめ、続けて許《シュー》に簡単な報告をした。

今晩起きた王の予想外の行動で、皆は製薬会社が絶対にセキュリティを強化し、二十四時間の常駐警備まで始めるだろうと考えた。

警察も盗難にあった薬品について調べ始めたので、今後百憂解《バイヨウジエ》を盗み出すのを困難にさせた。僕が一人で階段を降りてきた時、許は黙ってワラビのメンバーによる報告を受け、表情は重々しかった。

「景城《ジンチョン》、どうだった？　ちょうど悩んでいたところ。何かいい方法はないかな？」

「どうやら事態が込み入ってしまったね」

僕は王がテーブルに放り投げたリュックを見た。その中は今晩彼が盗んできた百憂解がつまっていて、深いため息をついた。

もともと作り上げた台本だったけれど、処分しなければいけないみたいだ。それも仕方がない。

僕は悩みながら、ノートをふだん通勤に使っている革製鞄の中に入れた。そしてちょうどこの時、ノートの角が白い箱に突き当たったのを感じた。

僕が鞄をひっくり返してみると、それは百憂解の箱だった。その時突然思い出したが、それはあの日顔見知りの医師が、こっそりと僕に渡してくれたものだった。もともと機会を見て許のところに持って行こうと思っていたけれど、想像以上に忙しく、ずっとここに入れ忘れていたのだ。

僕は白色の箱を取り出し、頭の中では突然大胆な発想がひらめき、すぐに電話をかけた。

「もしもし、いったいどなたですか？　こんなに遅くに、何の用ですか？」

電話口にはいらついた声が響いた。あの日、僕に百憂解を渡してくれた医師だ。

「僕だよ。景城」

「ああ、こんなに遅くに。どうした？」

「あのう、先ほど病院の近くを通りかかったのだけれど、製薬会社が泥棒に入られていて、外は警察ばかりだった。百憂解が盗まれたらしい。もともとたいしたことはないと思っていたけれど、ちょっと変だなと。そこで先生のことを思い出したんです。……管理されているべき薬品をこっそり保管していて、製薬会社の件は先生と関係がないはずですけれど、警察が病院に来ると、大変かと思って……」

僕はわざとそこで黙り、電話口の向こうにいる医師を焦らせた。

「何を言っているの。電話でそんなこと言うなんて。きみの言っていることは本当なの？」

僕は医師が警戒し始めたのに気づいた。僕の知る限りでは、彼は病院からこっそりと取ってきた薬は一種類ではなく、数量も多かったはずだった。

もし、捜査によって見つかれば、彼も絶対に大きな迷惑を被るはず。

「もちろん本当ですよ。そうでないと思うのなら、製薬会社の社員に聞いてみるといいですよ。すぐにわかりますから」

「じゃあ、どうすればいい？　このことはきみが知っているだけでしょう。私のことを引きずり下ろしておいて、知らんぷりするのはやめてください」

「わかりました。知ってしまった以上、僕も無理してでもどうにかしてみせます。一回だけですよ！　明日、残りの薬品をすべて僕の部屋まで運んでください。ええ、地下のあの部屋です。それから処分します」

僕はわざと困った口調をしたが、まなざしはずっと許を見ながら、親指をたてていた。

相手は大喜びで電話を切った。

呉延岡は額を押さえながら、信じられないという視線で僕を見た。

「どう？」僕は皆が驚いている様子を見て言った。

「どうやら一日中大忙しでも、台本の一行にはかなわないみたい」

小絵は大きく目を開けて卒倒しそうなふりをして、笑わせた。

「王福芢《ワンフーレン》は僕たちのためにこんなことをしたのだから、しっかりやらないと、本当に申し訳ない」

僕はそう答えながら、許をむいて言った。「もしかすると、もっと簡単な方法があるのかもしれない。例えば、王福芢と同じように。そうすればあなたの奥さんの人生も変わるでしょうに」

僕が言いたかったのは自分の人生の台本をさらに書き換えることだった。

「大丈夫です。自分の力で。これからはもっとよくなるはずだから」

許は感謝しながら僕にむかってお辞儀した。彼の表情にはきっぱりとした意志が現れていた。

僕は前にこのような感じで自分に対して感謝してくれたのは誰だっただろうかと考えたが、思い出せず頭を振った。

王が言っていたことも間違いなく、もしかするとそれは二人の大きな違いなのかもしれない。

後で王が階段から降りてきた時、きっとその顔にも同じような表情が浮かんでいるのだろうかと、僕は強く期待した。

第3章　マクベス夫人

1

「ありがとうございました！」カフェの若い店員は元気いっぱいに凱文《カイウェン》に言った。

天気は相変わらず肌寒く、それでも午後の太陽は通りに暖かく降り注いでいたが、冷気が目を覚まさせた。

僕は向かいの公園にある長椅子のうえでしばらく座っていると、凱文がカフェから出てくるのが遠くのほうに見えた。続いて一人のスーツ姿の中年男が出てきたが、とても真面目そうで、でも顔には薄笑いを浮かべていた。

どうやら、話はうまくまとまったようだ。

その中年男性は凱文の父親で、彼はわざわざアメリカから台北へ戻ってきたのだ。凱文が何も言わずに飛び出してから数ヶ月が経ち、親子二人でようやく向き合ったのだった。

もともと僕は彼と一緒に行くはずだったけれど、凱文は最後の最後で、考えを変えた。一人で父親のところに行って話し合うと。だから僕は結局同行せず、コーヒーを注文して公園で静かに待っていた。

凱文の父親が見えなくなってから、僕はようやく歩いて行った。

「これは？」

僕は凱文が手に握っている折りたたんだ白い紙を見た。中には何か挟まれている。

「たいしたことない」

「なるほど。言わないと、なおさら気になるな」

凱文は顔にバツが悪そうな表情を浮かべた。彼はもともとわかりやすい性格で、それは彼の父親の表情を見ていてもわかった。外見はすごく真面目で厳しそうだけれど、胸のうちの喜怒哀楽が隠せなくて、凱文とすごく似ている。

「ねえ、小絵《シアオフイ》には言わないで。俺のことをからかうのが好きだから」凱文は折り曲げた紙切れを僕に渡した。

「報道センターの副主任？」僕は紙に挟まれた名刺を見た。

「父さんの台北の友人。その人が父さんに台北にいると教えたみたい」

「そうだったの。マスコミも頑張るね。ここにいることがわかるなんて」

「そう。うっかりしていた。見つかるなんて。もし小絵に知られたら、絶対に笑われる」

「彼女の性格からすると、それもじゅうぶんあり得るね」僕は名刺を返して言った。「それなら、お父さんが名刺を用意して渡した意味はなんだったの？」
「もともと約束していたんだ。台湾で大学に通っているあいだは、俺の生活や考えに干渉しないと。でも卒業した後は、やはりアメリカに戻ることを期待しているみたい。それで、台湾にいるあいだ困ったことがあったら、この名刺の人を探せって。結局、親の束縛からは抜け出せないんだ」

凱文は納得できないという表情を浮かべた。きっと彼は子供扱いされたくはなかったのだろう。
「おまえは、ラッキーだよ。そんなに恨み言ばかり言うな」僕は思わず彼に説教した。
「うん。そうかも」凱文は父親の姿が見えなくなったところを見て言った。「どちらにしろ、とにかく一段落ついた」

遠くを見ながら、彼は笑みを浮かべていた。

2

冷たい寒流は次第に遠のいていき、春の息吹がテーブルの向こうの窓から室内に吹き込んでくる。街路樹も次々と柔らかく芽吹き、新しい一年の到来を告げる。

今日は土曜日だが、僕は遅くまで寝ていられなかった。早朝からインターネットに新しく連載する物語を書いていた。物語の静織《ジンジー》と母さんは、相変わらず知らない国で旅を続けている。困難は次々とやってくるけれど、いずれも乗り越えていく。窓の外の太陽の光は薄い藍色からゆっくりと橙色へと変わった。僕はどれくらいデスクの前に座っていただろうか。人は一つのことに没頭すると、時間が経つのがとてもはやく感じ、最後は肩や首の疲れが虚実ないまぜの世界から僕を引き離すのだった。

この副業はつらく、報酬もなかったけれど、でも楽しかった。

僕は何もないページに最新の物語を入力すると、続けて「アップロード」をクリックした。

また新しい物語が、顔も知らない読者の目の前に現れていく。

僕は腕時計を見ながら、今午後二時で、とっくに昼食の時間を過ぎているのに気づいた。

僕は疲れた腰を伸ばして、後で何をしようか、昼間の残りの時間を何に使おうかと考えた。

「新しいメッセージ」ディスプレイから突然の知らせだ。

「早すぎるだろう。しっかり読んでくれたのだろうか？」

僕は心の中で考えていた。ネット上で文章を発表するのは簡単なことで、作者は世界各国の人とコミュニケーションが取れる。文章を発表すると、作者のものではなくなる。どの読み手も理解は異なり、それが書き手の考えとは違うということも常にあった。

僕はメッセージボックスを開け、すぐに連載を載せている投稿サイトのプラットフォームに入っていくと、その下のほうに新しいメッセージが見えた。

「勇敢な女性。私も彼女たちみたいになりたい。後のことを心配せず追い求めてみたい」

コメントを残したのは小魚《シアオユー》というニックネームのユーザーで、これまで見かけたことはなかった。

どうやら新しい読者のようで、でも珍しかったのは、彼女が投稿サイトのプライベートチャット機能を使っていたことだ。作者だけが閲覧できるもので、他のユーザーには彼女が残したコメントは見えない。

ふつうこの機能を使う読者は多くない。そのため僕は彼女のことが気になったのだった。

僕はプロフィール写真をクリックしてみた――若い女性だ。

軽くカールのかかった黒い髪の毛で、白い壁の前で写した横顔をアップしていた。

清楚で美しく、他人に深い印象を与える顔をしている。

僕がもう一度よく見てみると、この女性を知っていることに気づいた。

彼女は劉筱漁《リウシアオユー》といい、静織と同じ劇団の友人だった。静織よりも一年早く入団した先輩格でもあった。静織が劇団に入団することができたのも、劉筱漁の推薦があったからだ。

僕はその年のことを覚えている。静織は確かに大学サークルの活動に熱心で、容姿も目立っていたけれど、演劇の世界では、美貌というほどではなかった。この世界で活躍しようと願う若者たちは、人に注目されたいと願わない日はない。

もし劉筱漁が大学の演劇を見に来て、静織の舞台での演技に注目しなければ、二人が知り合いになることもなかった。静織が夢を追求する道も開けなかったのである。

彼女は静織の短い華麗な人生の中で、非常に重要な恩人の一人だった。

いったいどれくらい会っていなかっただろうか？

おぼろげな記憶をたどると、交通事故の後、僕は病院で劉筱漁にあったことがある。事故の翌日、劇団は公演があり、入場券はとっくに売り切れていたし、公演を取りやめることは不可能だった。ふつう芝居の中では数人が主要人物を担い、二人から三人の役柄を演じる。劉筱漁と静織の体つきは似ていて、主演女優も経験していたので、彼女は公演を終えた後で、急いで病院まで来てくれたのだ。

僕はICUの外で、劉筱漁の涙が化粧を施した顔につき、大きな目からずっとこぼれ落ちていたのを覚えている。同じようにICUで治療を受けている事故を起こした運転手に抗議したい怒りを無理矢理に抑え、全身で椅子の背もたれを抑えながら、絶えず震えながら静織のために祈っていた。

聞いた話によれば、その晩劉筱漁は静織の事故で大きなショックを受け、公演ではセリフを間違え、彼女に期待していた演劇評論家には散々に書かれてしまったという。そのため、その後しばらく表舞台から遠ざかっていた。

だから静織が亡くなった後の葬儀でも、僕は全然彼女を見かけなかった。

「どうしていたんだろう……」

僕の頭では、何年も前に静織と各地で公演していた姿が浮かび上がった。

そのときの二人は、生命力をすべて出し切り、舞台のうえで汗を流して練習していた。二人が輝く姿は、今でも忘れられない。

「はい、これは今日のプログラムです。座席番号順にお座りください……」

ドアのところでプログラムの説明をしているのは年配の女性だった。親切な笑顔を浮かべ、この時間にまだ入場客がいるとは思わなかったのだろう。急いで一枚渡してくれた。

「どうも」

二月の最初の金曜日夜だった。すでにもう春が来ていたけれど、でも夜になったばかりの屋外は少しばかり寒かった。

ネットで劉筱漁の情報を探したけれど、当時の劇団の団員名簿には載っておらず、僕は驚いた。彼女と静織が加わった劇団は、台北でも海外でも相当知られていたからだ。たくさんのファンが、俳優のために後援会を作るほどで、小さいながらもスターといったところだった。劉筱漁は名が売れるのが早く、ファンも多かったのである。だから彼女が退団してしまったのは、僕にとっては驚きだった。

でも、別の無名の地方劇団のホームページで、彼女の写真と最新の公演情報を見つけた。

僕がその日時を検索すると、ちょうど近日中にも公演があるという。台北市内東部の商業エリアにある小劇場で、夜七時に開演するようだ。

僕はプログラムを見ながら、今回の演目がシェークスピアのマクベスを翻案したものであることに気づいた。

この芝居は何度も見たことがあり、そのバージョンも多かった。物語ではマクベスが魔女に出会い、自分は将来王になると伝えられ、夫人の教唆によって国王を殺してしまう。王位を得たあとは、権力を保持するために殺人を止められず、マクベスと夫人は罪悪感と葛藤に悩まされる。そして最後に首を取られ、夫人も自殺して幕が下りるのであった。

シェークスピアの物語は常時大小の劇場で翻案され、さまざまな要素と結びつく。物語自体に大きな違いはないが、いずれも観客を魅了するものだ。

ドアの女性は地下の外れを指さし、そこには扇型の黒い鉄の扉があった。

ドアの隙間から、漏れてくる劇団員たちの会話が聞こえた。

その話し方は普通の人のおしゃべりとはだいぶ異なる。公演はすでに始まって一段落したようだった。

僕は鉄扉を開けるのをためらった。舞台下の観客を邪魔するのではないかと思ったのだ。ところがホールに入ると芝居を見ている人は少なかった。観客は三々五々ステージの下で集まって座りながら見ていた。

ここに来る前までに、僕は自分でもこの劇団の規模が予想できた。当時二人が加わっていた有名劇団には及ばず、観客は自分が想像しているよりもよっぽど少なかった。

しばらく来ることはなかったけれど、小劇場の経営は自分が考えているよりもだいぶ大変なようだ。

僕は適当に隅に腰を下ろし、舞台を注意して見ながら、劇団員の表情と動作を追った。

今は、マクベス夫人がゆっくりとした口調でもって、マクベスを唆し、国王を殺すところで、マクベスが躊躇する場面だ。

マクベスに扮しているのはかなり若い男性で、彼はわざと衣装でもって成熟した男を演じている。でも、声が少し幼すぎて、そういう意味では本当に注意がいったのはマクベス夫人のほうだった。

彼女は衣装を着て、でも顔には人の気持ちを読み取ろうと微笑みが浮かんでいた。マクベスにはやく決心するよう説得している場面は、誰が見ても彼女の演技に引き込まれてしまう。マクベス夫人の演技は、明らかに他の劇団員よりも格段と上だった。

僕は長い間劇場で芝居を見ることはなかったけれど、でも頭の中に浮かんだのは今の舞台よりも大きな場所で、真面目で熱心な劇団員が必死に一人の人間の人生を解釈しているところだ。その場面が一瞬、前方の小さな舞台と少しだけ重なった。

目の前でマクベス夫人を演じているのが、劉筱漁だった。

僕は舞台の下に座り、当時の静織と彼女のやりとりを思い出した。目の周りに知らず知らずのうちに涙がたまっていった。

僕は頭を傾けて涙をぬぐい、この薄暗い地下のホールを眺めていた。この間何をしていたのだろうか、彼女はどうしてこのような無名劇団で演じているのだろうか。彼女にはいったい何があったのだろう。

「みなさん、お疲れさま」劉筱漁はあたたかく元気いっぱいにステージの劇団員たちにむかって言った。

「筱漁もお疲れさま。手伝ってくれてありがとう！」数人のスタッフと若い俳優が礼儀正しく感謝の言葉を口にした。

僕は路地の外壁に寄りかかっていると、黒色のコートをまとった劉筱漁が地下から階段をあがってくるのが見えた。

腕時計を見ると、すでに夜の十時だ。

「もうこんなに遅いのか」

僕は公演が終わった後、外で四十分くらい立っていた。そしてついに劇団員が片付けを終えてあがってきたのだ。

劉筱漁は階段をあがり、注意深く周囲を見渡した。続けて急いで人が少ない路地へと入っていった。

彼女が歩くスピードは速く、常にキョロキョロしている。彼女はこれまで公演が終わった後、外ではいつもファンが集まり、一緒に写真を撮っていた。でもこの時間の怪しい挙動はどこか変だ。

彼女は誰かを避けているようなのだ。

僕が今晩ここに来たのは昔話をするためではない。偶然彼女に出会ったために何かを話したくて、あるいは単純に、過去の劇団で見知っていた人と出会い、昔懐かしい思い出を語りたいからでもない。

でも、僕は静かに劉筱漁の背中を見ていると、突然、あの事故で変わってしまったのは自分だけではないように思えたのだ。

僕はもともとここから離れたかったが、でも胸のうちのある思いが僕を前に突き出した。

どうやって声をかけようかと考えていると、彼女は思いもよらず背の低い建物に入っていった。

「ナイトバーかな？」

僕が頭をあげると、路地の中に目立たないバーがあるのが見えた。頭の中では劉筱漁の美しい姿を思い浮かべていた。記憶の中の彼女は酒を飲まず、性格はよく、こんな場所に来る人ではなかったのに。

もともと馴染みだった友人が、今では落ち着いてバーに入っていった。僕は突然彼女のことが見知らぬ他人のように思え、心の中では異様な感じを覚えた。

3

五年前のいつもの夜、夕食を食べ終わった後で、夜風が涼しく吹いてきた。

僕たちは道を歩いていると、スマホの呼び出し音が急になった。

「本当ですか？　本当に入団できるんですね？」

静織《ジンジー》は信じられないという感じで目を大きく開けて、自分が聞き間違えたと思ったほどだった。

「そうです。前回面接に来ていただいた後、私どものほうではとても素晴らしい方だと判断しました。一緒に公演できることを心待ちにしております！」

電話の向こうは劉筱漁《リウシアオユー》の嬉しそうな声で、僕は息を押し殺して隣に立ち、全身を震わせながら聞いていた。興奮して大声で叫んでしまいたくなるほどだった。

「ありがとうございます、本当にありがとうございます」

「私もお知りあいになれて本当に嬉しいです。入団にかかわる詳しいことは後でお伝えします。今のうちにしっかり英気を養っておいてください。こちらは稽古が大変ですから！」

劉筱漁はそう言い終わると、親切にも細かいところまでアドバイスした後で通話を切った。

僕は頭をさげたままの静織を見た。頭をあげた後、目の縁には涙をためていた。

「さっきは筱漁の電話だった。彼女は……彼女は……」

「全部聞こえたよ。おめでとう！　静織、やったね！」

僕は嬉しくなって道路の端で彼女に近寄り、かがんでいる彼女を抱き寄せた。

「ふふふ、くすぐったい。そんなに力いれないで」

静織は僕の胸元で動き、嬉しそうな声をあげた。

「ごめん、すごく嬉しくて」

僕は笑いながら、彼女を放した。

「よかった。ついに夢がかなったね。次は、絶対に主演に抜擢されると信じている」

「そんなに簡単じゃない。今度、筱漁の公演に連れて行ってあげる。それこそ正真正銘の女優で、私なんかまだまだ」静織は口をすぼませて考えてから、言った。「景城《ジンチョン》、次はあなたの番！」

「僕？」

「そう。私よりも名が売れる作家になって。前回売れっ子の脚本担当になるって言っていたけど、私に演じさせる？　それなら、しっかりやって」

彼女は僕の胸元を軽くさすった。

「そうだね。まさか先を越されたとは。もっと頑張らないと！」僕は頭をかきながら笑った。

「でも、なるべく負担がないように。絶対にできると信じているから」

静織の眼差しは輝いていて、彼女は自分の見方は間違っていないと固く信じていた。

五年前の夜だった。

周囲に特別な景色などはなく、ロマンチックな祝祭日でもない。でも僕には最高の思い出となった。


僕は一人でバーの店内の隅に座り、黙ってグラスの氷をかき混ぜていた。

氷は互いにぶつかり合い、カラカラという音が響いてくる。

室内の音楽はとても大きい。

色とりどりで目を奪われるネオンが、目もくらむような視覚効果を生み出し、あの日の美しい思い出のようにきらびやかで、目を移すのもためらわれた。

店内のテーブルは下のほうに淡い紫色のランプが光っていて、幻覚的で現実離れした感じがした。

制服をきて、肩まで髪の毛を落とした女性が、向こうのほうで客に飲み物をすすめている。笑顔がかわいらしく、雰囲気はとても楽しそうで、客も彼女のことを気に入っているようだった。

僕は彼女をずっと見つめていた。

彼女は全然僕のことに気づいていない。ただ真剣に自分の仕事に夢中なだけ。

「筱漁はなぜここで働いているのだろう？」僕は胸の中で疑念が生じた。

記憶の中では、彼女は自分に厳しいタイプの女性だったはずだ。公演への情熱は自分が知っている劇団員の誰よりも強かった。

さらに言えば、筱漁と静織は僕が知る中でも一番熱心に公演でのパフォーマンスを追い求めていた女性だった。二人はお互いに声をかけ続け、自分の意図した演技と違いがあると、遠慮なく指摘するような感じだった。

静織は活発で、逆に筱漁は内向的だった。二人の性格は明らかに違いがあるけれど、舞台への情熱は、同じくらい強かった。

僕には遠くから劉筱漁の眼差しが見えた。ときどきギラギラ光る瞳は異常なほど空虚で、彼女の顔にはさらにたくさんの笑顔が浮かんでいた。僕にも彼女の心は今はここにはないのだと伝わってきた。

「彼女を指名しますか？　少しお待ちになりますか」バーテンダーは僕の前に来た。

「え？　すみません、なんですか？」僕は彼の言葉に考えを遮られ、申し訳なく聞き返した。

バーテンダーは背の高い痩せた中年男性で、彼は僕の視線の先にいる彼女を指さした。

「いえいえ、結構です。ここで偶然出会っただけですから」

「昔の友人ですか」

「昔の？　どういう意味ですか」僕は怪訝に思って聞いた。

バーテンダーは少し動きを止め、僕の全身を上から下まで見つめながら、頷いた。

「ご存じですか？　バーテンダーは何でもお見通しだって。お客さんの目を見ればすぐにわかります」彼は僕が注文する前に、勝手にグラスをいっぱいにして、言った。「お客さんは、外にいるような金と人の命を同じように考えて飛び降りるのを迫るような人ではなさそうですよね。そんなことを日常的な業務にして、人間のかけらもないですよ。本当に」

「どうしたんですか？　彼女に何かあったのですか？」

「そんなにびっくりしないでください。お客さんはあの子がここで働き始めてから、最初に会いにきたお客さんです」バーテンダーは僕が心配している様子を知り、こう言った。

「私はジミーと言います。ジミー兄と呼ばれていますが、どう呼んでも構いません」

彼は僕にウイスキーを注いでくれた。

「ジミー兄さん、外にいる人たちって、どういうことですか？」

「借金取りですよ」

「借金取り？」

僕は眉を細めて、胸の中では劉筱漁がどうしてこのような人たちと関わっているのか気になった。

それは僕の記憶の中の彼女とは全然違ったから。

「前に付き合っていた男友達のせいですよ」ジミー兄はため息をつきながら言った。「もし筱漁があの時急なお金が必要でなかったら、あの子の家で人を救うためにそれほど多くのお金を工面する必要がなかったら、チンピラと関わり合うこともなかったのに」

「人を救うために……彼女の家で何かあったのですか？」

「大きな借金をして、母親の治療費に回したっていうし、最後はどうなったのかよくわからない。あの子は誰にもこのことを知らせたくないみたいで」

彼は頷きながら言った。「でも、これもふつうなんです。ここで働く人は誰でも人に知られたくない過去がありますから」

僕は数秒黙った後、心の中で人は皆突如あらわれた困難に直面するのだろうかと思った。あの頃、劉筱漁はそのような状況にあったのだろうか。

記憶の中で、劉筱漁は母親と同居していた。父親とは小さい時に死別したという。そのため母親との関係はとてもよかった。

もし、僕と静織が隣にいたら、状況は違っていたかもしれない。

でも、そんなことも後からの解釈にすぎないけれど。

「そうであっても、劇団の仕事はやめるべきじゃなかったのに」僕は向こうで作り笑いをうかべている劉筱漁を見て、惜しがった。

でも僕にはわかっていた。彼女が所属する劇団は劇団員を定着させることが全然できず、しばらく経てば、新しい劇団員と入れ替わる。現実はそんな感じで残酷なのだ。

ジミー兄は聞き終わると、何も言わず、胸の中で何かを考えていた。

彼はただ静かに僕を見て、その眼差しは少し疑り深そうだったが、でも一瞬のうちにバーテンダー特有の明るくおしゃべりな様子に変わった。

「あの子のことをよくご存じのようですね」

ジミー兄は口角を緩めながら意味深長に微笑んだ。

「ええ」僕は短く答えた。

「それなら手伝ってくれませんか」

彼は手を止めながら、僕を見つめて言った。「あの子にはここから離れてもらいたいんです」


「どういう意味ですか？」僕は聞き間違えたかと思い、もう一度ジミー兄に聞いた。

「言葉通りですよ。どうにかして離れてもらいたいんです」

ジミー兄は軽く言った。彼の表情から見ると、急いで従業員を首にしたいという意味ではない。

「わかってます。でもどうして？　彼女はここでしっかり働いているじゃないですか、それなら離れないほうがいいのでは？　でも嫌いなら、僕が言うまでもないことですけど」僕は早口で言った。

「そうです。ナイトクラブの仕事が好きな人なら、ずっとやっていけます。でもたいていの人は早くお金を稼ぎたいだけで、継続して働くことはないのです。でも時間が経てば、自分がどうしてここで働くようになったのか、次第に忘れてしまって、私はあの子にはそうなってほしくなくて」ジミー兄は真面目に僕を見て言った。

「わかりますが、離れるかどうかは本人次第ですので、これから——」

「あの子の後についてきてここまで来たんですね？　そうですよね？」ジミー兄は突然話題を変えた。

「え……まあそんなところです」僕はあぜんとしてしまい、何も言えなかったが、本当は自分には筱漁の後をつけたという意図は全然なく、ただずっとどう声をかけたらいいのかわからなかったので、なんとなくここまで来てしまったのだった。僕は少し怪訝に思って聞いた。「どうしてわかりましたか？」

「簡単ですよ」

彼は笑いながら僕がテーブルにおいたプログラムを見た。

続けて、ジミー兄は自分の唇の前で人差し指を立てた。

「本当は公演中は、店の営業時間ですが、でもそんなの気にしてません」

バーテンダーの観察力はやはり半端ない。

「若者が夢を追い求めるのに、現実に邪魔されるべきではないのです。もしあの子にチャンスを与えたら、どこまで高く遠くへ飛び上がれるか想像すらできないんだから」ジミー兄は優しい笑顔を浮かべて、ぶつぶつ言った。「もし魔法があるのなら、新しい人生を歩ませてあげたい。そうすればそんなに残念がる必要もないでしょう。はは、ごめんね。ちょっとアルコールにやられたな」

　ジミー兄の話は、私にはわかった。でも劉筱漁は現実の環境に迫られて、ここで仕事をせざるを得なかったのであり、一番の夢はこっそりと進めるしかなかったのだ。だから私は彼女に声をかけたくなかった。

　僕は静織と同じようにそう思っていた。僕が店内の隅に座り劉筱漁を見つめていると、きれいな頬からは笑顔が出ていて、彼女の演技がどんなに自然でも、胸の中では逃れきれない影が形となっていくのを感じたのだ。

　ワラビの部屋。

　僕は彼女にむかって人生を変えることができると伝えるべきだろうか？

　両目を閉じながら、胸の中の感情の起伏を抑えながら、グラスを飲み干した。

4

　この数日、浮木《フームー》居酒屋は活気があった。

呉延岡《ウーイエンガン》は熱心に、意外にも小絵《シアオフイ》と凱文《カイウェン》、僕に厨房を任せようとしたのだ。前回のイベントで鍛えた腕前は、作り続けないとすぐにさびてしまってもったいないと。

　そのため彼は、今日は注文を取るのに徹し、他の仕事は私たち三人に任せていた。

この他、呉延岡は長い間会っていない林雨琦《リンユーチー》と彼の夫の阿識《アシー》を招き、他に王《ワン》と息子の小光《シアオグアン》もやってきた。

居酒屋はもともとそれほど大きくはなかったけれど、たくさんの顔見知りで急にぎゅうぎゅう詰めになった。

飲み会の集まりのように、笑いの絶えない人たちだった。

僕は厨房での焼きそば作りに忙しく、やはりやり続けないと、腕前は落ちてしまうものなのだ。しばらく格闘してから、ようやく記憶の中の味付けが戻ってきた。

「そんな、本当にあなたなの？　きれいすぎる！」小絵は写真を持ち、興奮して大声を出した。嬉しそうな表情が顔に出ていた。

写真の中の一人は、ちょうど水中で泳いでいる女性で、横顔は前方を見たままだ。じっと見つめている様子は、まるでこの世の中で彼女を阻むものは他にないように思えた。

人を感服させる美しさだった。

「そんなことない、それは阿識が撮ったの」林雨琦は照れ笑いを浮かべ、隣の夫をたたきながら言った。

もともと林雨琦は自分の人生を戻した後で、足の健康にあまり大きな変化がなかった。それでも、彼女はそれまでの運動の記憶をたどりながら、トラックからプールへと場所を変えていた。

水の浮力によって、体重の負担が減り、行動が不便だった両足は水中では思い通りにできた。しかも心肺機能を鍛えることもでき、陸地での運動で起きる負担も減少することができた。

阿識は医師だったので、水泳が肢体に障がいを抱える者にとって都合がよいことを簡単に説明し、それから言った。「もう少し練習させれば、数ヶ月後には試合に出られるようになるかもしれない」

阿識は私たちに向かってこのように言ったけれど、でもそれは妻の替わりに元気づける言葉でもあった。

「もし本当にエントリーできるのであれば、絶対に私たちに連絡してください。みんなで応援に行きます」僕は厨房で作ったばかりの焼きそばと焼き鳥を載せて、テーブルのところで言った。

「わかりました。じゃあもっと真剣に練習しないと」

林雨琦の体内では若い時にトラックでメダルを取ろうとした時のような渇望が生まれ、ビールのグラスを嬉しそうにあげながら大口で飲んだ。

「おー、うまい」

「ほらほら、ゆっくり飲んで、本当に」

阿識は隣でため息をつきながらも、すぐに笑い出した。

「そう。さっきからずっとこちらの方とどこかであったことがあると思っていたんだけれど、前に動画に出ていませんでしたか……」

林雨琦は紙ナプキンで口を拭きながら、興味津々で王福芢《ワンフーレン》に聞いた。

王福芢は彼女の言葉を聞いて、大きな目をして彼女のほうを向きながら、ははは と笑い頷いた。

「やはり見つかってしまったか……」彼は恥ずかしそうに言った。

「あれ？　思い出した。YouTubeで有名な先生ですよね？　だから本当なの？　すごく意外。こんなところで会うなんて」

林雨琦は目を大きくして、訝しげな表情を浮かべて向かいに座る王福芒を見た。

「私もこうなるとは思わなかったです。自分でも恥ずかしいくらいで」王福芒は頭を傾けながら言った。「すべては勘違いだったんです。あなたほどすごくはないですよ」

「いえいえ、私は地方の隠されたエピソードを紹介しているのを見たことがあります。しっかりとした知識がないと、ふつうはあんなに面白いこと知らないですよ」林雨琦は突然小光の方を振り向いて、やさしく言った。「パパ、すごいね！」

「うん！　僕もそう思う」ちょうど焼きそばを食べるのに夢中になっていた小光は、頭をあげ、元気いっぱいに応じた。

どうやら、王の様子が変わった後、小光の状況も好転したようだった。

「みなさんに話しますが、私が昔かかわったあの悪ガキは、副業の相棒となりました。人生は本当に予想がつかないものですね」

王福芒は難しそうな顔をした。

「確かに。誰も次の人生で何が起きるのか知らないわけですから。ただ力を尽くすしかなくて」

「その通り」

林雨琦はそういった後、王福芒とともにしばらく沈黙してしまった。

二人ともお互いに「ワラビの部屋」に入ったことは知らなかった。でもこの時になって同じような感じを覚えたのだ。

この時、話題が変わり、雰囲気は再度盛り上がった。何人かが王福芢が最近撮った動画のテーマについて語りだした。負債を回収するヤクザの話と関係があるらしい。

彼は極道の構成員を何人かインタビューしたので、そのことについて皆に話していた。どのような語りかけで、急場をしのぎたい少女に金を貸し付けるのか。高利貸しのため、多くの被害者は自死を迫られる。女性の中には無理矢理に風俗業で働かされ、そこで大金を稼ぎ出す者もいるが、多くの金額は極道に差し引かれ、手元にはいくらも残らず、状況はますます悪くなる。

皆はそれを聞き、思わず頷いた。同時に王福芢がそうした社会の一面を暴き出し、視聴者に注意を促して自殺などしないように訴えていることを称えていた。

僕はもともと厨房のテーブルを整理し、軽く飲み物を飲んでいたけれど、内心では急に不安になってきた。


「今幸せそうな様子を見ると、数ヶ月前の様子なんて本当に想像できない」呉延岡は居酒屋の入り口に立って言った。家路につく皆に対して手を振りながら言った。「先週、気球を見たよ」

「気球？」

僕は呉延岡の隣で、それが何か妙な比喩ではないかと思った。

「川岸で水門に気球が引っかかっているのが見えて、水面のところでずっと跳ねていた。でも水門が水の行方を阻むから、どんなに頑張って前進しても、そこを通り抜けることはできなくて」

「誰かが水門を開かない限りは」僕は言った。

「そう。そうしない限りはずっと跳ねているだけ。あるいはとがった石とかに刺さって割れてしまわない限りは、そこを通り抜けられない」呉延岡は続けて言った。「割れてしまえばバラバラになってしまうだけだよ」

「なんで僕にそんなこと言うの？」

「『ワラビの部屋』で人生を変えることなんて、全然必要ないと思っているでしょ？」呉延岡はこのように聞いてきた。

「わからない。でも彼ら二人からすれば、確かに全財産を支払って、最後にはやっぱりもとの生活に戻ってしまい、自分のもともとの人生を過ごすのだから。こうして考えると、確かに無駄だよね」

僕は率直に自分の考えを言った。

本当のところ、過去には林雨琦と王福芷以外にも、何人か人生を変えてくれるよう頼んできた。でも、いつも人生の書き換えが終わった後で、消えてしまうのだった。人がいなくなってしまうのだから、もう二度と居酒屋の僕たちに会いには来ない。

最近の二つの案件を見ていると、僕は動揺せずにはいられなかった。

僕には呉延岡がどのように考えているのかわからなかったけど。

「そんなに無駄だとは思えないよ」彼は外の看板を店内に運び入れながら言った。

「どうしてそう言えるの」

「僕らは彼らの水門を開けるだけだから。気球がどこへ流れて行こうと、それは水流が決めること。少なくとも、私たちは気球が割れる前に、一つの出口を見つけ出してあげたのだから」

呉延岡は僕が沈黙しているのを見て、続けて言った。「とある人から言わせれば、運命によって阻まれた人生では、一生懸命に努力しても自分を消耗させることしかできない……」

彼は閉店前に、最後にこの一言を言い、それはずっと僕の耳元で響いていた。

5

夜、僕は新しい小説を書き進めて投稿サイトでアップロードすると、窓の外ではちょうど雨が降っていた。

雨の勢いは強く、雨の中で道行く人は次々と早足になった。

僕が部屋から外を見ていると、街灯の光はかさをかぶり、それは明らかに雨水が空気と触れた傷痕だった。

見たところ、この雨はすぐに止みそうもない、おそらく一晩中降り続けるのだろう。

僕は視線をディスプレイに移すと、閲覧数のカウントがゆっくりと増えていった。

これは当時静織《ジンジー》と約束したことだった——ベストセラー作家になるということ——けれど、まだかなりの距離があるみたい。

僕は結局いつになったら自分の約束をかなえられるのだろう？

僕には答えが出なかった。

「きみは？　きみの意見を聞きたいな」

僕は一人で窓の外にむかって話しかけたが、でも僕にむかって答えてくれたのは雨の音だけ。

パラパラと通りに降り注ぐ雨。

「新着メッセージ」投稿サイトのチャット機能をクリックしてみた。

「Louvre って金持ちでしょ？　だから自分でやりたい創作に専念できて」

Louvre は僕がインターネットで使っているニックネームだ。あらゆる文章はこのアカウント名で発表している。

「筱漁《シアオユー》」ディスプレイには彼女の顔写真が出てきた。プライベートチャット機能を使ったもので、作者だけが見ることができる。

この時、突然思いついたのは、前回彼女が僕にメッセージをくれた時、返事をするのを忘れていたということ。

僕はそう思いながら、指先でキーボードをたたいていた。

「いえ、僕はあなたと同じようにふつうの人です」

人差し指でクリックを押してみた。

数秒後、小魚《シアオユー》が返信した。

「わたしはあなたとは違います。現実は不公平です」

泥の中で横たわっている魚の子供のイラストも添付して送ってきた。

僕は少し時間をおいてから、続けてキーボードを打った。

自分の目で劉筱漁《リウシアオユー》の変化を見た後、僕はインターネット上で「頑張れ」「あきらめるな」など励ましの言葉をかけていたけれども、全然役に立っていなかった。だから僕は直接彼女に聞いてみることにした。インターネットの匿名機能を使えば、おそらく彼女も自分が直面する困難を語り出しやすいのではないだろうか。

メッセージを送った後、小魚は遅々として返事を寄こさなかった。僕はただディスプレイを隔てて絶えず頭の中で推測するしかなかった。

彼女がサインアウトしただろうと考えていた矢先、ディスプレイはメッセージの着信を伝えた。

「数日前に、職場で昔の顔見知りに出会いました。その人が私のことに気づいているかどうかわかりませんが、でもとても怖かった。今の様子を知られませんように。ここを離れるべきかもしれませんが、でもこの仕事が必要なんです」

僕は小魚が送ってきたメッセージを見て、頭の中ではまるで爆弾が炸裂したかのように、ごうごうと音を立てた。

あの日の晩、劉筱漁は僕のことに気づいていたのか。

僕は突然思い出した。あの日彼女は確かにテーブルの間を回っていたが、僕のほうには全然来なかった。理屈から言えば、この点は確かに不自然だ。

彼女はずっと僕のことを避けていたのだろうか？　でもそれはなぜ？

僕の指先がかすかに震えだし、どのように返事をしようかと考えていた時、またメッセージが来た。

「ごめんなさい。あなたの書いた物語が私に大きな勇気をあたえてくれて、思わず変な話をしてしまいました。どうか気にしないでください」

僕は急いでメッセージを打った。「経済的な理由ですか？　何かお手伝いできませんか、僕は喜んでお手伝いします」

僕はEnterを押した。でもしばらくしても、小魚は返事をくれなかった。

僕はパソコンの前でしばらくぼうっとしていた。小魚がすでにサインアウトしたと思った時、緊張した体はようやく背もたれのほうに寄りかかっていった。

いま僕はどうしたらいいのだろう。僕は直接バーまで行き、劉筱漁に会うべきだろうか。何か手伝いましょうかと。でも彼女は明らかに自分を避けている。あるいは会ってみたとしても、彼女はすぐに向こうをむいてしまうかもしれない。

今晩僕は暇を見つけて王福荏《ワンフーレン》の新しい動画を見た。ちょうど高利貸しによって返済を迫られている男女の話だった。僕はその中の一例がもしも自分の知っている人の身の上に発生したら、どのような反応を示すのかと考えてみたけれど、想像できなかった。

頭の中では急に、劉筱漁の舞台上で自信満々な昔の姿が現れた。

続けて、バーで客と交わりながら、うつろな笑いを浮かべる顔も。

「とある人から言わせれば、運命によって阻まれた人生では、一生懸命に努力しても自分を消耗させることしかできない……」

呉延岡《ウーイエンガン》の言葉が僕の心に響いた。

ワラビの部屋……

僕の頭の中には突然古ぼけたドアと、監督の深い眼差しが浮かんできた。

確かに以前はワラビのメンバーは積極的に自分から他人の人生を変えようとはしなかった。いつも依頼人がやってくるのを待っていた。

「そんなのかまうもんか。どんなことも誰かが始めにやらないといけないのだし」

僕はすぐに傘を持つと、バーにむかって走り出した。

外の雨足は自分で想像していたよりもだいぶ強かった。

6

「静織《ジンジー》？」

あの日の夜、台北では強い雨が降った。

僕は退勤後、劇団の楽屋があるビルまで来た。そこを出てMRTの駅まで数歩も行かないうちに、一人の女性がビルの隣の階段で座っているのが見えた。神妙な面持ちで雨の中とても落胆した感じで。

僕はどうしたらよいかわからず、すぐに彼女のそばに駆け寄って聞いた。「どうしてここにいるの？　稽古は終わったの？」そう言うと同時に傘を開いた。彼女の頭と肩は雨でびしょ濡れだった。

「自分はずいぶん楽観的だった……」静織はぶつぶつ言っていた。

「どうしたの？」

「景城《ジンチョン》、私の演技力って学生劇団の水準でしかないのかな？」

彼女は頭をあげると、僕はその目が真っ赤なのに気づいた。顔全体も濡れていて、雨なのか涙なのかわからないほどで。

「そんなことない！　きみは僕が見た中で一番才能がある人だと思う。考えてみて、今劇団に加わったのは、きみより若い人はいないでしょ？　こんなにハイレベルな劇団に入ったのだから、学生レベルの水準ではないよ。前よりもずっと成長しているはず」

僕ははっきりと静織に言った。

「……」

静織は返事をしなかった。ただ唇をかんで、内心ではかなり葛藤しているようだった。

静織が劇団に加わって一年が経っていた。もともと彼女を連れてレストランでお祝いしようとしたけれど、どうしてこのような事態になってしまったのだろう。

「何があったの？」僕は彼女の頭をさすりながら聞いた。

彼女が突然泣き出した。

「今日は公演の芝居で立ち稽古があって、しっかりと練習してきた役だけど、私には回ってこなかった。しかも舞台監督には、何をビクビクしているのか意味がわからないと言われて。もし今の状態にこだわりたいのなら、学生劇団のスターのままのほうがいいって」

「そんなこと言うんだ。どうりでがっかりするわけだ」

僕は静織に同情していた。この数日、僕は彼女がその役を任される機会があったと思うし、いつもふだんから劇中の役に扮していた。「彼女」ならどう言うのか、どのように歩き、何を食べるのかと。

彼女がこうしたのは、自分がこの役が持つ生命の中に完全に自分を没入できると思ったからだ。そのとき僕は身近な人が入れ変わったかのような錯覚に陥った。

でも、残念ながら彼女は選考に漏れた。

こんなに落胆するのも当然か……

この時、傘の外には浅い緑色の靴が見え、静織の背後に立っていた。

「静織、世界の終わりじゃないんだから、始まったばかりでしょ」

僕が頭をあげると、劉筱漁《リウシアオユー》だった。

彼女は稽古を終えたばかりのようで、長めのコートだけを着て下に降りてきたのだ。

「筱漁……」

静織は振り向いて彼女を見た。

「知ってる？　あの時、どうしてあんなに必死に皆に説得して加わってもらったか」

劉筱漁は隣に座った。階段が雨で濡れていても全然気にしなかった。

「私が努力家だから？」

「何を言ってるの？　今さっきあなたと一緒に練習してきた人たち、みんな努力家でしょ」劉筱漁は苦笑いしながら言い、こっそりと彼女を横目で見た。「助演の役を得るまで、どれくらい踏ん張ったと思う？」

「うん……」静織は下をむいて、がっかりしながら言った。

「わかった。じゃあ直接言うと、あなたは誰よりも周りの人の意見を「聞く」のがうまいから。これはあなたの一番の長所だと思う」劉筱漁は真面目になっていった。

「聞く？」

「そう。舞台では、それはものすごい長所で、相手の感情の起伏や全体の雰囲気を敏感に感じ取れるし、それに合わせた対応もできる。これこそ正真正銘の演劇でしょ。監督も言っていたけど、演じる時にセリフを一文字一文字漏らさずに読み上げることって、そんなの監督が要求していることかな？」

劉筱漁は静織の肩をたたきながら、ゆっくりと言った。「もし、もともとの物語が六十点なら、俳優だったら、その点数に加点していけるはず。あなたにはその能力があると思うし、あなたに欠けているのはその練習だと思う」

彼女はそう言うと、静織は感電したかのように、突然泣き止み、彼女の話の意図を考え始めた。劉筱漁は話をやめた。

突然視線が僕のほうに向き、妙な笑い声で言った。「景城、あとは任せたから！　もしまた泣き出したら、あなたのせい。早く帰りな。雨がひどくなってきたから。迎えに来てくれるなんてうらやましいな」

彼女はフフッと笑い出し、それからビルの中に入っていった。

僕たちにむかって両手を振り、戻っていった。

僕は劉筱漁が消えていったほうを見て、胸の中では夢を追い求めることは、必ずしも順調ではないなと思っていた。

もし上手くいくと言うのなら、それはまだ歩み始めていない人だけが言えること。

この時、僕は、突然静織の挫折を思い、決して悪いことではないように思えた。

「寒いから、行こう！　おいしいものを食べさせてあげる」

僕は笑いながら、階段に座っている静織を抱きかかえ、二人で一つの傘に入ってＭＲＴの方向へ急いだ。

7

僕がバーに着いた時、店はちょうど忙しくなり始めた頃だった。

劉筱漁《リウシアオユー》は暇な時間を見つけて、スマホで僕に連絡をくれたのだ。

彼女は僕に創作の習慣があることは知っていたが、でもLouvreというアカウントは静織が亡くなった後に作成したもの。だから、彼女は僕がLouvreであることは知らないはずで、僕も彼女には特に説明するつもりはなかった。

「筱漁ですか？　お待ちください」

店員は親切だった。いつも客が劉筱漁を指名して楽しむことは聞いていた。

僕もわかっていた。彼女の演技からすると、これらの客に対するのは朝飯前だということを。

でも彼女の演技はもっと適した場所で発揮されなければいけないのでは。

このようなきらびやかにネオンが輝くバーではなくて。

「やっぱり来たね」

ジミー兄は僕がメニューを注文する前に、自分からカクテルを出してくれた。

「サービスです」

「ありがとう」

一口飲むと、甘酸っぱい味がした。たぶんオレンジジュースを入れていて、でもアルコール度数も低くないから、焼けるような熱さがゆっくりとからだの内部で湧き上がってきて、一時的に寒さを追い払うことができた。

「前にお願いしたこと、考えてみましたか」ジミー兄は清潔な布でグラスを拭きながら、僕を見て尋ねた。

「はい。魔法に任せましょう」僕は怪しげな薄笑いを浮かべた。

瓶を見ていた。


「何ですって？」

「つまり人生をやり直せる魔法」

「え、そんな魔法があるの？　アルコール入れすぎたな？」

ジミー兄は僕がこのようなことを答えるとは思わなかったのだろう。疑り深い視線で手元の酒瓶を見ていた。

「大丈夫、大丈夫。酔っ払ってはいないから。安心して」

「自分でやり方があるみたいだね。じゃあ余計なことは聞かないよ」

「そう。マジック？　マジックみたいにね」

「マジック？　マジシャンなの？」

ジミー兄はますますわからなくなってきて、眉をひそめた。

「もし他の人の人生を変えられるのなら、マジシャンと同じかも」僕は頷きながら言った。「でも観客の方がそれを信じる必要はありますが」

十五分ほど経ったところで、遠いところの廊下にようやく劉筱漁の姿が見えた。

彼女は今晩、体の線にピタリとあったおしゃれなワンピースを着て、体つきがはっきりと出ていた。

僕は振り向いて彼女と目を合わせ、すぐに微笑んだ。

劉筱漁は足を止め、顔には明らかに変化が出ていた。

でも、その一瞬だけで、彼女はすぐに笑顔いっぱいで、僕の方にむかってきた。

「こんなところで会うなんて思わなかった。久しぶり」

劉筱漁は僕の隣に座って、それからジミー兄に手を振った。

グラスがテーブルに置かれた。

続いてジミー兄はわざとカウンターを離れて、一人で向こうの方へ行ってしまった。

この時、僕たち二人だけが店の中にいた。

「二年ちょっとですね」僕は言った。

前に会った時は病院だった。でも僕はそのことは言わなかった。この間の時間を考えてみると、僕の心はズキズキと痛んだ。

「たったの二年……」劉筱漁は大きな口で酒を飲み、テーブルに置いた。テーブルに置いた時には、グラスの半分になっていた。「一生くらい長く感じた」

彼女の顔には他の感情が交じっていた。

僕は否定せず、ただ頷いていた。

「最近どうですか？」僕は聞いた。

「やっぱり全然、話すのが下手。下手になって口を開けるのさえおっくうなの？」劉筱漁はため息をつきながら言い笑った。「順調に見える？」

「まあ、ふつうかな」

こうした問いかけに、僕は直接彼女の問題点を指摘することはできないし、逆に笑みを浮かべながらすごくいい感じとも言えない。いつも困るのだ。

「ふつうって何……」劉筱漁は口を止めた後言った。「他の客は、そんなふうに言う人はいない」

彼女は僕にむかって言った。

「僕はただの客じゃないし、一緒にしないで」

「同じ」

突然虚ろな感覚がした。僕たち二人は急に何を話せばいいのかわからなかった。

「景城《ジンチョン》、偶然店に入ったって感じではないよね。何か用？」劉筱漁は自分から沈黙を破り、聞いてきた。

「舞台に戻りたい？　昔のあの劇団に」

彼女は僕にこのように聞かれて、また顔をテーブルに戻した。まるで隠れるかのように。

「それはない。あれは若い時の夢。今はもうこの歳。いいかげんに目を覚まさないと」

劉筱漁はまた酒を飲み、グラスの底に少しだけ残して振ってみせた。

「静織《ジンジー》のことで？」僕は聞いた。

彼女の動きは突然止まり、僕には彼女の胸の鼓動が聞こえるかのようで、呼吸もますます速くなっていった。

「そう思う？　たぶんそうかも」彼女は残った酒を見つめながら、認めたくないような口調で言った。「青春の大半を費やして夢を追ったけれど、得たのは空っぽのものみたいで。家の方でもお金は必要だから、劇団の収入だけでは不安定。仕方がないこと。私一人で、誰も助けてくれないから、現実と向き合うしかない」

劉筱漁の声はますます低くなり、でも一瞬、また朗らかになったりもした。

「こういう場所はあまりよくないけど、時間はたっぷりあるから、慣れてしまって」

彼女はまた言った。

「筱漁……」

「知ってる？　一晩で稼げる金額は、以前の一週間よりはるかに多くて。想像できないでしょう？」彼女はわざと気丈な顔を作りながら言った。

「きみが演じた「マクベス夫人」を見に行ったことがあるけれど、やはり艶やかだったね」僕は彼女の目を見て、まじめに言った。

「え？」

劉筱漁は驚きを隠せず、信じられないというように僕を見た。

「舞台にいるときは今より生き生きとしていて、衣装は今ほどきれいではないけれど、でも少なくとも楽しそう」

「誰が見に来てって誘ったの」

劉筱漁の声は突然高くなり、感情は激しく揺れた。

幸いにも店内の音楽は大きな音で、周りから注目を浴びることはなかった。

彼女はすぐに立ち上がり、僕に背を向けた。背中はアルコールのせいだろうか、それとも感情の揺れのせいだろうか、真っ赤になっていた。

「ごめんなさい……特に話がなければ、先に帰ります。ありがとう」

彼女はハイヒールを履いて、前に歩み出た。

僕は彼女が離れる前に、急いで言った。「筱魚。いい方法がある。きみの人生を変えることができるけど、もしその気があるなら、外で待ってる」

劉筱漁は僕の言葉を聞いて、少し止まっただけで、振り返りはしなかった。前に進み、通路の奥に消えていった。

明らかにもう春なのに、でも暖かさが戻るまでは、まだあと数週間はかかりそうだ。最近連日のように雨が降ったので、夜の気温も高くなく、風が吹けば容易に風邪をひくほどだった。

バーの外には暗い路地があり、僕は斜めになって壁に寄りかかった。入ったり出たりしてくる客を見ながら。おしゃれに着飾りながら、大声で騒いでいる。僕は静かに見つめながら、突然彼らの共通点を感じた。皆、寂しいのだ。

とくに人混みから離れた後、振り向いた後に、表情ははっきりと見て取れた。

寂しいと殺人を犯すとは言うけれど、その言い方はぴったりだと思う。

一人の寂しさも、集団の寂しさも、大きな違いはなかった。

僕は外で長い間立ち続け、心の中ではどのように劉筱漁に切り出そうかと考えていた。でも最初から最後まで適当な話題が見つからず、それならいっそのこと考えるのはやめようかと思った。長い間待ちながら、足が疲れてきたのでしゃがみ込んだ。そんな姿を見ると、びっくりするだろう。

少し眠気を感じ始めた時、劉筱漁がドアを開けて出てきた。僕がまだそこにいるのを知り、怪訝な顔をした。

「とっくに帰ったかと思った」

彼女は隣まで来て、ふつうのシャツに着替えていて、髪をうしろに束ね、見た感じではどこにでもいる女の子とかわりがなかった。

「退勤したくないのかと思ったくらい」僕は笑いながら言い、疲れた足をさすった。

「ほんと。近くにコンビニがあるから、そこに行きましょう」彼女は軽い口調でいった。

僕たちはそれぞれホットラテを注文し、コンビニの隣の小さな公園のベンチに座った。手のひらからは温かさが伝わり、疲れた体を癒してくれた。

「ごめんなさい。こんなに待たせて。知っていれば、店内で待ってもらってもよかったのに」彼女は頭を垂らして言った。

「大丈夫。どちらにしろ、自分も落ち着かないから」僕は彼女を一目見て、言った。「やはり今の感じがいいいいね」

「どうでもいいこと言わないで、自分でもわかってるから」劉筱漁は雨が降ったあとの地面を見ながら言った。

「筱漁、同じこと言うけど、きみには舞台に戻ってほしいし、そこがきみの居場所だと思う」

「戻れると思ってるの？」

彼女はまるで自分と話をしているみたいで、声は小さく全然聞き取れなかった。

「ワラビの部屋」って聞いたことある？　僕は特に考えず、単刀直入に言った。

「ワラビの何？」彼女は僕のことを見て、不思議に思って聞いた。

「『ワラビの部屋』だよ。人生を変えることができて、自分の人生を新たに選ぶことができる」

「童話の世界みたい。ありがとう。私はもう少女じゃないから、あなたの好意は心に置いておきます」

劉筱漁は口角を上げ、全然信じられないという顔だったが、それも当然だった。

「慰めようとしているわけではないんだけど」

僕は覚悟を決めて彼女の両目を見た。

「そんなに楽しそうなことばかり言わないで。この世の中は嘘ばっかりだから」

僕が見つめる中で彼女はどうしたらよいかわからず、でも相変わらず僕が言ったことを信じていなかった。

「聞いてみたいと思わない？　きみの立場だと、失うものは特にないと思う」

「わかった」

彼女は深呼吸し、両手を組んだ。僕と言い争うことはしたくないみたいだ。

「屋根裏に部屋があって、そこに入る依頼人は自分の現在の人生を変えることができる。でも、条件がないわけではない。三つのルールがあって先に言っておかないと」

僕は彼女をちらりと見て、何も反応がないことを知ると、続けて言った。「第一に、依頼者は誰かの人生をサンプルとして提供する。人生が変わった後もその後の展開を引き受けないといけない。第二にサンプルとする本人の同意を得る必要はないけれど、でもある程度はその人の人生をコピーすることになるので、相手の人生の良い点悪い点はすべて引き受ける」僕は二つのルールを言った。

「それから？」劉筱漁の反応は少し冷たかった。

「最後の一点は、「ワラビの部屋」に入る人は、現在所有する全財産を差し出さないといけない」

「全財産？」彼女は眉をひそめ、納得できない感じだった。「それが人生を変える方法なの？　前に付き合っていたどうしようもない男と全然変わらない。彼の友人の会社に借金すれば、母の運命も変えられるとか言って。まるでめちゃくちゃ。その時そんな言葉を信じたから、こんなところにいるんでしょ！」

劉筱漁の言葉の中には、彼女の胸中に隠された幾つもの怒りが現れていた。

どうやらジミー兄が言ったのは間違いないようだ。母親のために、地下の高利貸しに借金して、重い経済的プレッシャーが彼女に夢を諦めさせたのだ。

「きみの状況には同情しますが、でも信じてください」僕は真面目な口ぶりで言った。

劉筱漁は何も言わず、ただぼうっと地面を見ているだけで、何を考えているのかわからなかった。

「あなたは入ったことあるの？」彼女は突然聞いた。

「どういうこと？」

「だから、あなたも自分の運命を変えたのかって」劉筱漁は少し考えて、苦しそうに吐き出した。

「それなら……彼女は戻ってきているはず」

その瞬間、僕たち二人に沈黙が走った。ただそわそわと風が吹く音がしただけだった。

僕らは彼女とは誰のことを言っているのかわかっていた。

「入ったことはない」僕は首を振った。

「ほらね。この世に童話なんてないんだから。でも話してくれてありがとう。とても面白い。今晩聞いた中で一番きれいな話かも」

彼女は僕にむかって笑った。その真面目な顔は、以前の劉筱漁を思い出させるものだった。

「『ワラビの部屋』は死者を復活させることはできない。でも……」僕は彼女にむかって、言った。

「まだこの世にいる人は、もう一度生きることができる」

「景城……」

劉筱漁は黙って僕を見たが、僕が何を考えているのか、何にこだわっているのか、わからなかったようだ。でも、僕は彼女の眼差しから、少しばかりの動揺を感じ取った。

「西門町に近いところに、浮木《フームー》居酒屋という店がある。そこがそうだから、もし準備ができたら、いつでもいいから来て」

僕は言いたかったことを言い終わり、立ち上がってコーヒーを一気に飲み干した。

コーヒーは冷めていて、残りはものすごくまずかった。

「遅いから。帰りなよ」

「うん、あなたも」

劉筱漁はそのように言ったけれど、まだベンチに座っていた。何かを決めているかのようだった。

8

この日の夕食は、いつもの習慣で浮木居酒屋《フームー》にやってきた。

「今日の午前中に、警察が来たよ」呉延岡《ウーイエンガン》は厨房に立ちながら、軽く言った。

「どうしたの？　目でもつけられた？」僕は驚きを隠せずに聞いた。前にこのようなことが起こったことはなかったから。

「たぶん。でも大丈夫」

彼は厨房を片付けながら、その動作は全然慌てるものではなく、まるでおしゃべりでもしているかのようだった。

「今までのところ、なんとかなっているでしょ？」

「小絵《シアオフイ》と凱文《カイウェン》に探りに行かせたよ。たぶん製薬会社の倉庫での盗難と関係があるみたい。きみたち何人かがあそこの通りにいたと言っていて、だから状況を聞きに来たみたい。でも……」

呉延岡は少し止めた。

「でも、どうしたの？」

「若い警察官が、前にネットで上の階の噂を検索していて、興味を覚えたみたい」

呉延岡は指を伸ばして天井をさした。

「ワラビの部屋？」

「そう」

「びっくりした。噂は自分たちで考えているよりもずっと広まっていて、その後どうしたの？」

「上にあがってみたいって」

「え？　捜索令状はあるの？」僕は顔色を変えて言った。

「もちろんないさ。それは若手警察官のただの好奇心で、見ることができるかと自分から言ったんだ」

たぶん、何も起きないだろう。ネットの噂ではあるけれども、でも関心をもったのは警察官だったとは。周りの皆から言わせると、それは警察の捜査であり、非合法的な手法さえとることもあるという。

僕の頭には突然上の階の真っ暗な部屋が浮かんできてたので、また聞いた。「それで承諾したの？」

「うん」

「なんで……」僕は深く息を吸った。

「景城《ジンチョン》、何を心配してるの？」呉延岡は頭をあげて聞いた。

「監督だよ。あんな年齢なんだから、行動も怪しくて。僕は彼が何を考えているのか全然わからない。もし警察に聞かれたら、どう答えるのかな」

僕は毎回監督のあの不思議な表情を思い浮かべる。監督が人間ではなく、幽霊ではないかと思うほどなのだ。

でも、彼は確かな存在で、しかもワラビの責任者でもあって、組織全体は彼から始まったのだ。

「安心して、その小部屋にあがっていったけれど、でも監督には会わなかったって」呉延岡は僕に言った。

「え？　だから「ワラビの部屋」に入っていったの？　鍵はどこにあるのか知ってたの？」

「何を言ってるの？　この店で長いでしょ」

「それならよかった。きみが冷静で助かった。もし自分だったら、たぶんばれてしまうかも」

僕はため息をつき、大勢の警察官が居酒屋に入っていく場面はどうしても想像できなかった。もしそんなことが起きてしまったら、何人もの依頼者に迷惑をかけてしまう。

あの日、僕と劉筱漁《リウシアオユー》が出会ってから、また半年が経った。彼女は僕にちっとも連絡をよこしてくれない。僕がネット上に公開している連載小説でも、彼女を見かけることはなくなった。たぶんあの晩のおしゃべりはあれっきりで、過ぎてしまえば元通りなのだろう。

でも、やはり変化が見られるところもあった。

劉筱漁がずっと参加していた地下の劇団は、なんと臨時に俳優を入れ替えていた。劇団が手作りしていたホームページから、最新の公演を知り、マクベス夫人がもっと若い女の子に変わっていたことを知ったのだ。

劉筱漁はどうしたのだろう。公演には出ていなかった。

「もう！」僕は自宅のパソコンの前に座り、思わずため息をついた。

もしかして彼女はもう舞台には戻りたくないのだろうか？

それとも僕には自分の降格を知らせたくなかっただけだろうか。

あるいは他の劇団に移った？

僕には彼女の気持ちがわからなかったが、検索してみると、やはり何年も前の昔の写真とデータが出てくるだけだった。

僕は二年前のものを見た。彼女と静織《ジンジー》が一緒に出演した最後の公演だ。

その公演は、静織が何年も努力して、ついに主演の座をつかんだ舞台だった。

静織は、あの日の晩に、僕が一番好きだった白いドレスを着ていた。

舞台の中央に立つ彼女は、ステージ下の観客による拍手喝采を受け、写真の中の彼女は、笑顔でいっぱいだった。

彼女はやり終えたのだ。自分の夢に近づいたのだ。

想像しがたいのは、これが静織にとって最後の舞台となってしまったということ。

この時の舞台でのアンコールは、人生最後のさよならになってしまった。

僕は振り返ったが、でも視線はこの写真から離れなかった。静織と母さんの命を奪ったあの事故で、心には刃物が刺さったようで、呼吸はできていても、ずきずきと痛んだ。

あの時のベンツの運転手は、依然として行方がわからなかった。

あれから僕の方でも相手を探さなかったわけではない。でも僕は探せば探すほど、心の中の痛みは増すだけで、見つかる手がかりはすべて、あの時の事故で傷口に残ったガラス片のようだった。

僕は気持ちを紛らそうと、物語の創作をまた始めた。

一番新しい書きかけのところをクリックした。まだあと三分の一は未完成だ。

僕は自分で作った虚構の世界にすがることで、傷口がゆっくりと癒えるのを待っていたのだ。

夕食の時間から夜一時まで、表情はずっとぼんやりしていた。

今日は書き進めていく速さが順調だと言っても、これ以上は続けられそうになかった。疲労の感覚が指先から全身に広がっていた。

文章ファイルを閉じ、休もうとしたとき、意外にもネットの投稿サイトにたくさんの新しいメッセージが来ているのに気づいた。

数時間前から断続的に続いていた。

僕はたまらず、適当に選んで開いてみた。

主人公の機転と勇敢を賞賛したものもあれば、頻繁に更新するように求めてくるものもあった。気に食わないプロットに出会うと、露骨に罵声を飛ばすものまであり、下のほうのメッセージはたくさんの意見が飛びかっていて、何でも書いてあった。

僕は手早く読み飛ばした後で、物語と関係ないメッセージがあるのに気づいた。「ワラビの部屋」って聞いたことある？　調べてみると、本当にこういう噂があるみたい。行ってみるべきだと思う？」

メッセージをくれたのは小魚《シアオユー》だった。プライベートメッセージを使って、三十分前に送ってきた。その時、僕はちょうど創作に没していたので、特に気づくこともなかった。

どうやら、劉筱漁は僕のアドバイスを真面目に考えてくれたようだ。この時には疲れも吹き飛んで、心の中には希望がみなぎっていた。

「よかった！」

僕は嬉しくなり、前回ネットでチャットした時の様子を思い出した。彼女は前に仕事での収入について教えてくれたけれど、やめたいと悩んでいた。そのことについて考えてから、すぐに返事した。

「もし今困っているのであれば、人生をやり直すチャンスがあるのなら、やってみるべきだと思う」

入力した後で、僕はEnterを押した。心の中では思っていた。この時の劉筱漁はきっと寂しいのだろうと。こうしたことも、ネット上の匿名の人としか話せないなんて。あるいは彼女は本当に苦しんでいて、周りの人に知られたくないのかもしれない。

僕は時間を見た。彼女はまだバーで仕事をしているにちがいない。僕の返事を読むまであとどれくらいかかるだろうか。

ところが、メッセージはすぐに戻ってきた。

「もし自作自演だったら？　明らかに自分の大好きな生活に戻りたいのに、でもどうしても自分を許せなくて。きっと私が何を言っているのかわからないでしょう」

何これ？

彼女はいったい何がしたいのだろう？

僕は不可解な気持ちで、ディスプレイを見つめ、この不思議なメッセージを見つめていた。

そして下のほうに目を移した……

「間違いを犯した後、私は一瞬自由を失ったかのように思えた。毎日道を歩くたびに人に見つけられるのではないかという恐怖心で、恐ろしさが私を大好きな舞台から遠ざけていった。暗闇の中に落ちて、誰も私のことは知らないから、でも毎日仕事に出るたびに、心の中では散々悩んで……」

僕はその意味がわからず、何度も読み返してしまった。

彼女が言いたいのは、自分には舞台に戻る機会があったにもかかわらず、ある原因によって諦めたということだろうか？

でも彼女は結局どのような過ちを犯したのだろう？

つまり彼女が劇団を離れてバーで働くようになったのは、おそらく借金が増えてそうせざるを得なかったという理由以外にも、原因があるのだろうか。

こうして自分を追放するようなやり方は、まるで自分の人生をぶち壊すようなもの。

「何をそんなに怖がってるの？」僕は疑惑の目で入力したが、指先がかすかに震えていることは気がつかなかった。

数秒後、返信があった。

劉筱漁の返事を見る前に、まるで心の中では信じられないという思いが爆発するような感じがした。

「わざとではなくても、でも私の嫉妬は自分と相手の人生を壊してしまった。夢を追うばかりに、最愛の友人を失って」

僕には劉筱漁が言う相手がわかった。

静織なのだ。でもどうして？

このとき僕はまるで真っ暗な縁に落ちていくようで、近くにすがるものは何もなかった。

体の中では別の声が響き、僕に続けてキーボードを打たせた。「『ワラビの部屋』について知っています。もしあなたなら、あなたの人生は誰のように変えたいですか」

しばらくして、彼女はまた返事をくれた。

「もし可能であれば、私は一番仲がよかった友人の人生を得たい。彼女には私が努力しても到達できないような才能があった。いつか自分が追い越されると思い、いや、もう自分を追い越してしまったかもしれないけれど。あの日の夜の嫉妬は理性的でなかった。私は車でひき殺してまで翌日の公演を阻止したかった。路上で加速する少し前、私は我に返り、後悔してブレーキを踏んだ。でもすべて間に合わなくて。飲酒運転の男が停止線を越えた私を避けて、加速して車道を越え、前方にいた彼女たちにぶつかって……」

「景城、いまどうしてあなたに会おうとしないのかわかるでしょう。私は現実の中で罪悪感に悩まされるマクベス夫人。あなたはその気ですが、それでも私の人生を変えてくれますか？」

この部分を読んだ時、僕の思考は完全にストップしてしまった。静かな湖に巨大な石が落ちたようで、しぶきをあげて、胸が激しく揺れた。

なるほど彼女はとっくに僕がLouverということに気づいていたのか。

僕は劉筱漁が書いた内容が信じられず、目がディスプレイに釘付けになり、夜通し眠れなかった。

9

僕が住んでいるところから浮木居酒屋《フームー》まで、ＭＲＴで数駅の距離だった。

道を歩いて行くと、大きな音で通り過ぎていく車両が目に入り、頭の中では二年ほど前に起きたあの晩の衝撃が浮かんできた。

飛び散ったガラス片に、激しく痛む傷口、そして永遠に忘れることのできない記憶。

僕はこれから居酒屋で劉筱漁《リウシアオユー》に会うことを考えていた。どのような態度で彼女に接するべきだろうかと。

あの晩、彼女が僕に告げてから、僕はずっとこのことを考えていた。でも、結局結論は出ず、さらには復讐したいと思うような気持ちまでますます強くなってきた。

僕は何日もの夜、創作などできなかった。

物語の中の静織《ジンジー》と母さんのことを思い出すと、二人が無表情で、静かにこちらを向いているように思えるのだ。

会話は何もなく、反応もない。彼女たちはこうして僕の視線が及ぶところに立ち、冷たい眼差しで僕を見て、僕が次に何をするのか知ろうとしている。

「僕にどうしろというの？　静織、きみはどう思うの？」僕は彼女の目を見つめた。

彼女の唇が動き、静織がようやく口を開き、前に数歩出てきたかと思ったら、彼女ではなかった。

「もうこれ以上ひどいことはやめて」

彼女の整った顔が急に年を取った顔に変わった。老人のものだ。

監督だ。

彼は僕に真正面からむかって言ったが、その眼差しからは鋭い光が出ていた。

だが、次の一秒、監督の姿は消え、静織と母さんの姿も一緒に見えなくなった。

「どうして監督？」僕は歩みを止め、驚きながら言った。

僕の体は暗闇の中に落ちていった。

僕が驚いて我に返った時、パソコンの前で、頭からは冷や汗がゆっくり流れていた。

僕と劉筱漁は今晩十時に浮木の居酒屋で会うことになった。

この時間は客数もすでに少なく、他の人から邪魔されることはなかった。

僕は歩いて行ったが、やはり予定の時間より早く着いた。

ドアを開けると、呉延岡《ウーイエンガン》はついさっきまで客が使っていた皿をちょうど片付けている時で、蛇口の水が食器にあたる音が、よいリズムで店内に響いていた。テーブルにはまだ皿が残り、さっきまで誰かが食事をしていたようだった。

僕はカウンターの座席に座った。体が突然少し重くなり、胸の中では複雑で心配な気持ちになってきた。

どうすればいいのだろう？

僕は一瞬困惑してしまった。

「来たね？」呉延岡の声が厨房の後ろから聞こえてきた。「残った皿を片付けるのを手伝って」

「うん。任せて」僕は声を出した。

カウンターの後ろに周り、厨房に入ると、呉延岡は半分まで片付けたところだった。

「ありがとう。そこでいいから」彼は言った。

「約束がある。たぶんすぐに来ると思う」

「なるほど。今回の依頼人はどうやらちょっと違うようだね」彼は僕を見た。

「どう言い出せばいいかな？」

「鏡を見ればわかるさ」そう言うと、彼は隅に置いてあるスタンドミラーを指さした。

僕は半信半疑でそこに行き、鏡の中の自分を見て、驚いてしまった。両目が充血し、下顎にひげが生えている顔が鏡に映った。僕は今日出かける前にしっかりと身支度したのか思い出せなかった。

なんてざまなんだ。

「今回の依頼者は身近な人でしょう?」呉延岡は僕を見た。

「うん」

「知人なら、慎重にやったほうがいい」

彼はそう話した時、店の引き戸がカラカラと音を立てた。

「誰か来た」僕は流しで顔を洗い、頭をあげた。

呉延岡はタオルを渡してくれて、言った。「運命に阻まれた依頼者だね。私たちは力を合わせて助けてあげないと。でも覚えておいて、助けてあげる時には、こちらがその人生に踏み込んでいったら駄目だ」

その言い方はもっともだった。でもそんなに簡単なものだろうか?

僕は心の中で思った。静織や母さんの代わりに復讐したいという気持ちはともかく、監督のあの意味深長な顔つきは何なのだろう。なぜか、ずっと頭の中に浮かんできた。

僕は厨房から店内に戻った。

劉筱漁はシャツを着て、その上にベージュのコートを羽織り、一人で居酒屋の入り口にいた。

何日か会わなかっただけだから、彼女の外見には大きな変化はなかったが、少し憔悴したかのようだった。まったくの別人に見えた。

彼女は僕が出てきたのを見ると、口角を上げ微笑んだ。でも眼差しは隠しきれず、複雑な感情が浮かび、胸のうちで迷いがあるのが見て取れた。

「来ましたね」

「はい」劉筱漁は短く答えたが、その声はいささかしゃがれていた。

「ここに座って」

僕は彼女をテーブルの前まで案内し、二人で腰を下ろした。沈黙が数秒続いた。

「ごめんなさい……」劉筱漁がまず口を開いた。

「何が？」

僕の口調は冷たかった。劉筱漁の細い肩が揺れた。

「すべてのこと」

「二年前の夜のことも？」

「……」

劉筱漁は返事をせず、ただ口をつぐみテーブルの一点を見つめていた。

「どう思っているのかわからないけれど。でもわかってほしい。あの日の夜は、あなたの行為で、私は人生で大事な二人を亡くしました」僕は思うままに言った。

もともと僕は劉筱漁のことをものすごく同情していた。でもどうしたことか、この時の僕の心はまるで復讐の火種が燃えるかのようだった。一方では自分がこんな態度では駄目だと思い、火が燃え広がるのを抑えていたが、その一方では消えてしまうと思いずっとそれを見守ってもいた。今日劉筱漁と向かいあってから、その火は息を吹きかけられたかのように、ますます燃えていったのである。

僕は大きく深呼吸した。

「本当のことを言うと」僕は間を置いて、言った。「僕はあなたに人生の台本を書き換える機会を作りましたが、でもいくつかのことはまだ説明できていません。僕はワラビの部屋で脚本を担当し、依頼者のために新しい人生の台本を書いています」

「真実を知ったあと、助けようとしたことを後悔したでしょう」彼女の顔は恥じ入った様子で苦しそうに言った。

「それはわかりません。未来のことは誰にもわかりませんから。あの日の晩、確かにブレーキはかけましたが、でも事故は起こってしまいました」

僕は恨みの募った眼差しで、劉筱漁をじっと見た。僕には彼女にわかってほしかったのだ。あの時に結局どんな罪を犯したのか。僕を普通のサラリーマンから、闇の組織のメンバーに変えてしまった。だが、その真の目的は、さまざまな手法で同じようなことがもう一度起きるのを防ぐためでもある。

僕は次第にわかってきた。僕は他人の人生を変え、無念をただす機会を与えることができるけれど、でもまた次の無念が湧いてくるのだ。

僕は劉筱漁ほどの優秀な俳優が、金銭的な問題で、その素晴らしい人生を社会の暗い片隅で過ごさなくてはならないことが非常に惜しかった。でも、そうは言っても、それは劉筱漁自身の罪悪感によるもので、その時の彼女の嫉妬心が一連の悲劇と苦痛をもたらしたことを忘れることはできない。

だから彼女はきっぱりと一番好きだった仕事を離れ、自分を駄目にしたのだ。でも心の中ではその舞台が忘れられなかった。だから他の人に注目されないように、こっそりと無名の劇団で演技をして公演に出続けてきたのである。

彼女はまるで生まれながらにして輝く星で、どんな舞台に出ても一目で視線を集めることができる。でもそれでいながら、自分の間違いを見透かされたり指摘されたりするのが嫌なのだ。

こうした矛盾と内心の焦りは、彼女の人生が停滞する原因の一つでもあった。

僕が劉筱漁の困難を知った後、認めたくはなかったけれど、でも彼女に対して復讐したいという気持ちは揺れていた。でもこの動揺は想定外の事故で亡くなった静織や母さんに対して、申し訳なく思う気持ちを生じさせた……

僕は呉延岡が僕にむかって言った言葉を思い出した。依頼者に手を差し伸べる時、同時にその人の人生に入り込んではいけない。

しかし、僕は思わず、自分をこの渦のなかに押し込んでいたのだ。

「景城《ジンチョン》、どうするの？　もう私の秘密は教えてあげた。罪悪感に苛まされるのはもうたくさん。私の人生をどうしようが勝手だけれど、一つ頼みたいことがある……」

「話して」

「母は手術の後、ずっと寝たきりで。だから私の今の収入の大部分は、その時に借金した額を返すほか、ほとんどが医療費に消えてしまう。私一人なら構わないけど、母まで巻き添えにしないで」

「もちろん、お母さんに罪はないから」

僕は態度を和らげたが、でもその気持ちは復讐と寛容の天秤にかけられ揺れていた。

依頼者のために人生を書き換えるノートを目の前に広げ、僕はぼうっとして見つめていた。

劉筱漁は鞄の中から手紙を取りだし、僕に突き出した。

「決まりごとはわかっています。でも私にはこれだけの財産しかないし、多くはありません。でも頑張りました」

彼女は淡々と、人に残念と思わせるような感情を隠しながら、続けて言った。「私の人生の台本ですが、任せます」

僕は手紙を見つめ、厨房に目をやった。呉延岡はどこへ行ってしまったのだろうか。

僕はため息をついて、手紙を劉筱漁に戻した。

「やってみようか。でもきみのためだけじゃない」

僕は気持ちを抑えていると、突然わかったような気がした。実は劉筱漁は今晩覚悟を決めてきたのだ。罪悪感から抜けだそうと決めていたのであり、だから人生の掌握を他の人に預けたのだ。

続けて、空白のノートに、書き始めた。湧き出てくるさまざまな思いや感情を込めて。

上のほうの余白には、劉筱漁の姓名と未来の人生を書いていった……

「二つの人生？」劉筱漁は思わず声をあげた。

「そう。僕は二通りのバージョンの人生を書いたけれど、どちらか選んでほしい。どういう結果になろうと僕は干渉しないから」

「私……どんなものを書いたのか先に見ることはできるの？」

劉筱漁は水を一口飲み、覚悟はできていると言ったけれど、この時には僕がこのように言うのを聞いて、心の中はやはり緊張感で乱れていた。

「構わない」僕は座ったまま姿勢を正して言った。「一つ目は、静織の人生。もし彼女の人生を選べば、舞台に戻れるチャンスは大きい。しかもきみがうらやむような彼女の才能も手に入る」

「静織の人生……」彼女は低い声で言った。「私みたいな人には、彼女みたいに素晴らしい達成感を感じる資格はないのに」

僕は何も答えず、続けて言った。

「二つ目は、じゅうぶん知っているだろうけれど、きみ自身の人生」

「わたしの人生？」彼女は眉をひそめて聞いた。

「そう。きみの。何も変わらなくて、人生の境遇も変わらない。仕事の中身も変わらないし、どんなことでも同じまま。今と同じまま」

「なるほど。それは最高の復讐かも」劉筱漁は苦笑いして言った。

「どう？　僕はそうは思わないけど」

「どういうこと？」

「前にも言ったことがあるけど、交換した後の人生は、よくても悪くても、きみは全部引き受けなくてはいけない。だからもし静織の才能を得るならば、それならきみの演技は大いに引き上がるだろうし、でも忘れないでほしいのは、静織は最後は突然の事故で死んでしまう。この点はきみも同じ。おそらくその時間も。つまりきみが完璧な演技をしたあとで」僕は厳しい目つきで彼女の両目を見つめて言った。

劉筱漁はこの点について考えたことはなかったようで、僕の説明のあと、黙り込んでしまった。彼女の顔は無表情で、何かを考え、自分が受け入れることを説得しているような感じではなかった。

僕が言った言葉一つひとつが、彼女に当時の間違えと、それがもととなった代償を思い起こさせた。

「まだ続きがある」僕は突然口を開いた。

「他の人生？」

「ちがう」僕は補足説明した。「最後は、僕が特別に用意したもの」

僕はノートの中に書いてある新しい人生の台本を書いた部分を、慎重にちぎって二つに折り、左右水平になるようにテーブルに置いた。ここから見ても、中に何を書いたのか全然わからない。

「さっき言ったけれど、僕はきみの選択に干渉しないから。この意味は、きみはどれか一つ選ばなくてはいけないということ。続けてやってくる新しい人生の台本をね」

10

劉筱漁《リウシアオユー》は大きな目を開けて、僕が出した最後の用意が信じられないといった感じだった。

「自分の人生の未来は運命に選ばせるのか……」

彼女は全然考えていなかったことだった。最後に意外にもこんな状況になって、逆に何を言ってよいのかわからなかった。

「人生は自分の手で決めるべきだと思っていた。遠回りして。でも、最後はやはり運命に左右されるわけか」彼女は頭を振りながら嘆いて言った。

「よし。もう遅いから」僕は二つの紙きれを彼女に突き出した。「きみが決めないと」

劉筱漁は視線をずらさずに目の前にある紙をじっと見ていた。明らかに中身はわからないはずなのに、でも彼女はずっと見ていた。僕には彼女が胸の中でどの台本をほしがっているのかわからなかったけれど、でも結果から言えば、どれもよい終わり方ではない。紙を広げてみたとしても、同様に難しい選択なのだ。

「選んだ？」僕は聞いた。

「ではこれで」劉筱漁は手を伸ばし、右側の紙を指さした。

僕は頷いて、革製鞄の中から白い封筒を出し、彼女が選んだ台本を放り投げ彼女に渡した。

劉筱漁は慎重に受け取り、手のひらの中でしばらくの間、しきりにそれを見つめていた。

「いま思ったけれど、人生の重さってこんなに軽い。やはりどんなことでも代償があるもの。私はそれを学んだみたい」

意味深長な笑顔だった。僕はそれを見て、胸が苦しくなった。

「行こう。「ワラビの部屋」に」

僕は立ち上がり、左側の台本をこちらに戻す時、筆跡の痕を見た。上には「劉筱漁」の三文字以外、何も他には書いていない。これは彼女のもともとの人生だった。

僕は黙ってその選ばれなかった台本をポケットの中に押し込んだ。

11

「筱漁《シアオユー》が本当にうらやましい！」

二年ほど前の秋、静織《ジンジー》が劇団での練習を終えたあと、僕たちは台北の町を気ままに歩いていた。

「何？」

衣料品店は大音量で外国人歌手の歌を流していて、僕は横をむいて聞いた。

「筱漁はすごいと言ったの」静織は隣に立って感心したという眼差しだった。「彼女の演技は気迫があって、毎回同じ舞台に立つたびに、いつも私が知っている筱漁ではないみたいと思ってしまう」

静織はドレスを抱え体に合わせながら、大げさにファンの真似をして言った。

そして数秒も経たないうちに、自分で笑い出してしまった。

「彼女は本当にすごい。彼女の公演を何度か見たことがあるけれど、本当に役作りがうまくて。すぐに物語の中に入っていけるから」僕は頷いて言った。

「そうでしょう。彼女は劇団の中でも期待されている女優だから。彼女からはいろいろと演技の仕方を学ぶこともできるし」

「じゃあ次に主演の選考があったときには、彼女の意見を聞いてみるといいよ。何かよいアドバイスがあるかもしれない。ずっとその機会をうかがっていたでしょ？」

僕は隣でそう言ったが、胸の中では静織が本当に主演女優に抜擢されればいいなと思っていた。父さんや母さんも嬉しがって僕にチケットを買いに行かせるだろう。

「次の公演はね……」静織が突然ゆっくりに言った。「自信はない。だって筱漁がすごく長い間準備しているから。今回の主演も彼女だと思う」

「がっかりしないで。きみの演技もすばらしいよ。筱漁も前に言っていたじゃない。きみには生まれながらにして独特な感性があるって。現場の劇団員の話し方や感情、雰囲気をすべて把握できるって」僕は彼女を励ました。

「どこがそんなにすごいの。まるで私が宇宙人みたい」静織は恥ずかしそうに笑いながら言った。

「でも、幸いにも今回の公演回数は多いから。だから劇団もこの役にはもう一人つけるみたい。もし私も選ばれたら、どんなにいいか」

「自分の得意なやり方で演じてみたら。絶対に朗報が来ると思う」

「うん。一生懸命やっていけば、結果が自分の願ったとおりでなくても、でも次の公演に備えた役作りにもなるから。景城《ジンチョン》、次回は絶対に来てね」

静織は腕を僕の首に回した。彼女は僕よりも背が低かったので、その動作は滑稽だった。

「わかった、わかった。絶対に行くから。もういいよ。みんなが笑ってる」僕は気まずい思いで言った。

「たいしたことないって。ははは！」

静織は全然恥ずかしがらず、思いっきり笑った。

数週間後、劇団の発表によると、静織と筱漁は多くの先輩劇団員を差し置いて二人とも選出された。

二人は興奮して一緒になって飛び上がり、僕はその隣で聞いていると、嬉し涙があふれてきた。

全力で人生に立ちむかえば、どんな形でも結果は残る。

その痕が深くても浅くても、失敗だったとしても、次に再出発する時には、そこから始めることができる。

その時、僕はそう疑わなかった。

12

今はもう夜中だ。居酒屋の狭い階段は上へ伸び、一歩一歩あがり最上階に着く。記憶とは、まるですべてを上映しきれない映画のようで、僕の頭の中で絶えず回っていく。「ワラビの部屋」の木製ドアが目の前に現れた時、ようやく僕の気持ちは現実に戻った。

「これは都市伝説の中のおとぎ話かと思ったけれど、本当にこんな場所があるなんて」

劉筱漁《リウシアオユー》は目の前の木製ドアを見つめながら、一言では言い表せない神秘的な気持ちを話した。

彼女は劇団員を長く務めていたので、感受性は人一倍強かった。目の前のドアを見つめながら、顔の表情は多くを語らなかった。自分はすでにわかっていると、こうした噂は本当なのだと言っていた。

僕の額からは汗がにじみ出てきた。

「ちょっと待って」

僕はドアに近づき、獅子の口から冷たく硬いものを探った。

それは「ワラビの部屋」の鍵だ。

続けてドアにむかって力を入れると、ゆっくりと開いた。

ドアの後ろは全く違う世界だった。

室内は真っ暗で、古い書籍がテーブルの中央に置かれ、テーブルにはアンティーク調のスタンドがあり、明かりは消えていた。

窓の外のネオンが室内に差し込み、さまざまなカラフルな色彩を作り出していた。

監督は窓の前に立ち、僕たちを見つめた。

「台本を持って入って」僕は劉筱漁にそう言った。

彼女は頷き、突然振り向いて言った。「景城《ジンチョン》、ごめんなさい。いまさら何を言っても変わらないのに。でもやはりあなたに謝りたい。私はあのようにすべきではなかった」

劉筱漁は一晩中抑えていた感情を、すべて吐き出し、目は充血し、涙が流れてきた。

「はい、わかっています」

僕は歯を食いしばり、凶暴な言い方で仕返しをしたかった。でも、この時には言葉が何も浮かばず、心の中では残念な気持ちでいっぱいだった。以前美しかった思い出は、静織《ジンジー》でもあり、母さんでもあり、さらには目の前の劉筱漁でもあり、その一切が本当に僕の思い出として残っていたのだから。

思い出の他、僕には何もなかった。

彼女の謝罪は自発的なものだった演技がいかにうまいとしても、僕はやはり嘘か本心かを見分けることができただろう。

この時、彼女は本当に自分が犯した過ちに対して後悔の念を抱いていたのだ。

僕は突然ため息をついた。

「まだいたの?」突然落ち着いた年老いた声が響いた。

監督だ。彼の目はじっと劉筱漁を見つめ、僕はいままでこのような眼差しを見たことがなかった。

初めてだった。こんなに悪意と怨恨に満ちた眼差しを。怒りで充満し、人を傷つけるほどだった。

いや、傷を負った年取った野生動物のようでもあり、眼差しはずっと劉筱漁を追っていた。まるで獲物を狩るように、復讐のように。

「僕は……ここにいようかと」僕は喉から声を絞り出して言った。声はいくらかしゃがれて鋭かった。

「本当に？」監督は語気を強めて、もう一度聞いた。

「ええ、ここにいます」僕はきっぱりと言い、この時の声はいくらか落ち着いていた。

監督の眼差しはしっかりと僕を捉え、僕にはそれがどういう意味なのかわからなかった。考えているようでもあり、続けてまた言った。「勝手にしなさい」

僕は一呼吸置き、劉筱漁に顔を向けた。

「きみの番。あのテーブルに座って、スタンドをつけて」彼女はこの時少しだけ頷くと、僕の指示の通りに歩いて行き腰かけた。

テーブルのスタンドがつき、淡い光を放っていた。

「きみの新しい人生を読み上げて」

監督は椅子の後方で指示を出した。目はじっと僕を見つめたままで。

僕は劉筱漁にむかって頷いた。

彼女は口をつぐみ、封筒を開いた。注意深く新しい人生の台本を開いた時、全身が緊張のためか揺れていた。

僕は思わずポケットの中からもう一つの台本を出した。それは劉筱漁のもともとの人生で、彼女が選ばなかったもの。

監督は新しい台本に目をやらなかった。ただ黙って僕のほうを見るだけで、口角をあげて笑っていた。

「そうか、これは完璧な結末だ」監督はこの時、妙に笑っていた。「きみのガールフレンドのように、将来絶対に天才的な傑出した俳優になる。それから完璧な公演を終えたあと、一切が元に戻る。この結果はとてもいい。復讐のために書いた結末じゃないか！」

「毎回の公演は、人生最後に演じる結末だと思って、こうすることで、俳優の潜在能力を引き出すのかもしれません」僕は何も考えずにそう言った。

「ふん、きみは本当に他人のために考えることが好きだね」監督は僕の返事に対していささか不満だった。

劉筱漁は僕らの対話を聞きながら、この時には自分が求めた人生の台本がどれだったのかわからなくなり、一瞬頭が真っ白になった。緊張でどうすればいいのかわからなかった。

「他に教えておきたいことがある。今回彼女はそんなに幸運じゃない……」監督は続けて言った。

「今までの依頼者のように、二回目の人生の書き換えはない。彼女は一回しかない」

「どういう意味？」僕はぼんやりとしながら聞いた。

「私が「ワラビの部屋」で仕事をするのは最後になる」

「え？」僕は咳き込んでしまった。

監督はただ淡々と笑っているだけだった。

「きみに「ワラビ」に加わってもらった時、なんて言ったかな？」

「もし事態が悪い方へと進んでいったのなら、そのまま任せておくと――」

「共犯になる」監督は僕の言葉を最後まで待つことなく、口を開いた。「今、きみは改めるべきかもしれない。悲劇の源を取り去り、将来同じような被害者が出ることは避けるべき」

「彼女を殺すの？」僕は声を出した。

「いや、きみが殺すんだ」監督は僕の両目を見つめて言った。「私たちはどちらも傷を受けたものだけど、覚えてないの？」

この一言は最初僕と出会った時に言っていたことだ。僕はその時全然理解できず、監督が自分と同じように、心に傷を負い、この世界に絶望感を抱いているのかと思った。

「事故の犯人を捜し出し、復讐することは、きみが「ワラビ」に入ったもっとも重要な理由じゃないのかい？」監督は奇妙な笑顔を作り、突然厳しく言った。「一緒にその一切を終わらせよう。それなら……もう私に会うことはないだろう」

「あなたはいったい誰なの？」僕はびっくりして叫んだ。

監督はそれには答えず、両手を劉筱漁の肩に置いた。

「話しすぎた。やるべきことをやろう」彼は劉筱漁に言った。「きみの将来の人生を、私に聞かせて」

監督がそういうと同時に、僕はテーブルの上のスタンドが異様に光っているのが見えた。最初は黄色い明かりで、急に奇妙な緑色になり、その緑色は気持ちの悪い光線となり、次第に劉筱漁を飲み込んでいった。

僕が見ていると椅子に座った劉筱漁はぼんやりとして、夏の日の蜃気楼のように、体がふわりふわりと揺れ始めた。

そうか、これが「ワラビの部屋」の人生を書き換える方法だったのだ。劉筱漁は椅子に座り、黙って涙を流していた。この一切は自分が嫉妬してしまったことから起きたことで、心の中ですでにじゅうぶんに悔やんでいたけれど、でも相変わらず強く頷いていた。

どんなことにも、代償がある。

彼女は罪悪感に苛まれ、僕のところに来たのだ。

今晩、誰かが彼女を引っ張り出すか、暗黒の中から連れ戻さなくてはいけない。さもなければ、過去の二年間自分を放逐したことと同じになってしまうから。

彼女が舞台から遠ざかったのは、自分一人でスポットライトを浴びることに耐えきれなかったから。

今晩は、彼女にとって贖罪だった。僕の復讐の気持ちで、自分を罪悪感の中から救ってもらいたかったのだ。

彼女は僕が書いた新しい人生の台本を読み上げた――

椅子の脚からゆらゆらと歪みはじめ、それはますます激しくなった。

監督、劉筱漁、そして室内に置いてある古ぼけたテーブルとスタンドが、僕の目の前でゆっくりと曲がっていった。

緑色の光は大きな光のかさとなり、次第に僕の全身を覆った。

この時……

「あれ？」劉筱漁が発した疑い深い声が響いた。「なんでこうなの？」

ただ彼女は光のかさを通して、前の方に立っている僕を見ながら、不可解な表情をしていた。

続けて、まだ読み上げていない台本を読み始めた。

「私は、劉筱漁。以前罪を犯した。もし機会があるのなら、私は自分が勇気を持ち、静織が言っていたようになりたい。「他人をうらやむのはよくあること。でも笑顔と勇気を保ちながら、どんな困難も乗り越えていきたい」だから、私に引き続き自分の人生を歩ませて。自分の人生から困難をなくさないで。私は一生懸命に努力し、勇敢に自分の弱点に立ちむかいたい」

劉筱漁はそのように読み上げた後、頭をあげてまっすぐに僕を見た。顔には涙が流れていた。はじめ胸の中では解せない気持ちでいっぱいだった。

続けて……感激の涙が流れた。

僕は彼女のこういう姿を見て、目の縁が熱くなった。

実は、この二つの台本は、どれも劉筱漁自身の人生をサンプルにしたものだった。

僕はわざと二種類書いたように言い、劉筱漁に悔恨の中で慌てさせた。

僕はもともと彼女には静織のような意外な結末を繰り返させたくはなかった。

これは僕の劉筱漁に対する復讐ではあるけれど、悪ふざけでもあった。もし静織がいたのなら、彼女の性格であれば、きっと拍手喝采して、いたずらな笑いを浮かべただろう。

隣に立っていた監督は、はじめ訝しげな様子だった。彼は悪意に満ちた目で僕をにらみ、その眼差しは、僕が獲物を横取りするのをとがめるかのようだった。

飢えていて、毒々しく。

「きみは自分で何をしているのかわかってるの！」

監督は怒りの中で、がっくりとして、それはもう人間のような感じではなかった。

「もちろんわかっています」僕はそこで止まり、また言った。「僕は「ワラビ」の脚本担当ですから、依頼者の人生をどのように変えるかは、僕次第です。監督も自分で言っていたじゃないですか、忘れましたか？」

「きみねえ……」監督は憤りながら僕を見た。

突然、僕は監督のことが哀れに思えてきた。

心の中が復讐の気持ちであふれている人は、前に人生の変化を求めて依頼してきた人と同じなのだ。監督も自分の人生から逃れることのできないかわいそうな人なのだ。

「ありがとうございました。長い時間ではありませんでしたが、この間の日々は楽しかったです。たとえ最後の結果が想定したものとは違っていても。でも、見方を変えれば、僕たちも多くの人が自分の人生を取り戻すのを手伝ってきました。こう考えると、すこしは気分がよいのではないですか？」僕はまもなく光の中に消えてしまいそうな監督を見つめながら言った。

「……」

監督は答えなかった。ただ、目玉だけが僕をにらんでいた。

「単純すぎて、救いようがない」

彼はそう言ったが、その輪郭はもうぼんやりとして見えなかった。体だけが僕のほうにむかってきた。

「そうですか？」僕は怖くはなく、逆におかしかった。「静織はこんな感じでいつも言っていました。それがとても好きでした」

そう言い終わった。テーブルのそばに立っていた僕は、スタンドのランプにぐっと手を伸ばすと、スイッチのチェーンを思いっきり引っ張った……

あの緑の光が消えた。

それまでずっときつく閉じていた窓が突然開き、夜の冷たい風が「ワラビの部屋」に吹き込み、窓の外のネオン光がまた部屋の中に入ってきた。

スタンドは正常な淡い光へと変わった。

あの年老いた監督はすでに姿を消していた。

室内の中央には古ぼけたテーブルと木の椅子があり、頭を隣に座る僕にあずけながら涙でいっぱいの女性がいるだけだった。

「景城……」彼女は不安になって言った。

「新しい人生に向き合う勇気はわいてきた？」僕は劉筱漁にむかって聞いた。


僕と劉筱漁が階段を降り、居酒屋の一階に着く頃には、もう夜も更けていた。

呉延岡《ウーイエンガン》はまだ店にいた。彼は一人でカウンターに座り、テーブルには清酒が一瓶置いてある。日本の友人が送ったもので、ちびりちびりと飲んでいた。

どうしてか知らないが、今日は突然その気持ちになり、自分一人で飲み始めたのだ。

僕たちが階段を降りた時、呉延岡は顔をあげて一目見た。

「終わったの？」

「うん。まあね」僕は短く言った。

彼は多くは聞かず、杯を二つ取り出し、僕と劉筱漁に酒を少しだけついだ。

僕は一口飲んでみると、味わいよく酒の勢いがすぐに頭をついた。

「監督、出て行ったよ」

「本当？　まだ本人に会ったことはないけれど、でも……」彼は落ちつきながら言った。とっくにこれが起きることを知っていたかのように。

「じゃあ「ワラビ」はどうするの？　監督がいないと、僕たちも続けられないでしょう？」僕は心配した。

「関係ある？」彼は自分でまた一口飲み、急に提案した。「きみもうまくやっているから、自分で監督やれば。そう、このやり方もいいかも。脚本兼監督で、いい感じじゃない」

「何それ？」僕は驚きながら彼の方に振り向いた。

「ルールは人が決めるものだから、反対しないけど、他の人も異論はないと思う」彼は突然ポケットの中から帳簿のようなものを出して、笑いながら言った。「でも、ここの店は監督に借りているんだけどね。賃料がいらなかったけど、毎月の光熱費は代わりに結構払ってきたから。今きみが監督になれば、この帳簿は任せたから」

「何？」

僕はびっくりしたけれど、帳簿を開く気持ちにはならなかった。その時突然気づいたのは、帳簿の表紙には自分の名前——何景城《ホージンチョン》と書かれていた。

「これどういうこと？」僕はあぜんとして、頭を呉延岡のほうに振り向けて聞いた。

彼はゆっくりと言った。「この場所はもともときみのものじゃない。ずっときみが「監督」だったのだから」

エピローグ

朝十時、夏の終わりの暑さを含んだ空気に、プール特有の匂いがする。

台湾北部の体育大学のプールで、今五〇メートルの水泳大会が開催されている。

パラリンピック代表選手選考会を兼ねた大会で、障害のある人は誰もが参加できる。障害の程度に応じて、グループに分けて試合を行っている。

僕は凱文《カイウェン》と小絵《シアオフイ》をつれて、朝早くから並んでよく見える観客席を取った。会場の観客は想像以上に多く、しばらくすると、応援する人で満席になった。

小絵は美術の才能を発揮し、特別に人の背ほどのボードを作った。そこにはあの晩に浮木《フームー》居酒屋で会った林雨琦《リンユーチー》の写真が印刷されている。阿識《アシー》が練習している様子を撮ったものだった。皆からよく撮れていると褒められたので、思い切って拡大印刷し、直接ボードの上に貼り付けたのだ。

そこには「雨琦、頑張れ」の文字もあり、ものすごくパワフルだ。

林雨琦は女子一〇〇メートルの組に入り、あと数分で彼女の出番だった。小絵と凱文二人はもう待ちきれず、泳いでいる人が誰であろうと、興奮して大声で応援していた。

ついさっき腰を下ろしたばかりの呉延岡《ウーイエンガン》は状況がわからず、林雨琦が今試合に出ていると思い、急いで立ち上がった。でも本人ではないと知り、バツが悪そうにぶつぶつ言っていた。

「阿識先生、こっち!」小絵は遠くの方で阿識が観客席の入り口のあたりでキョロキョロしているのが見え、すぐに大声で手を振った。

彼もそれを見て、手を振り、満面笑顔で急いでやってきた。

「彼女、準備はどうですか?」

僕は座席を一つ詰め、阿識を座らせた。

「さっきウォーミングアップをしていました。まずまずです、ちょっと緊張気味ですね」

阿識は腰を下ろし、隣の超大型看板を見て、驚きながら可笑しそうな表情を出した。

「当然でしょう。いずれにしても初参加ですから。でも彼女は大丈夫だと絶対に信じています」

僕は続けて言った。

「ありがとう、私もそういうふうに彼女には伝えました」阿識は階下の休憩室をのぞき込みながら、妻が出てくるのを待っていた。そして突然何を思ったのか、また僕にむかって低い声で言った。「それから、会いましたか?「監督」ですけど」

「いや」僕は首を振った。

阿識先生の紹介で、僕は彼の大学時代の先輩が勤める病院で診察してもらった。その医者は精神医学が専門だった。

いろいろと詳しく調べたけれど、大きな異常はなかった。

でも監督が現れたことについて、合理的な見解を示すことはできなかった。

最後の診察で、この症状はあの時のひどい事故によるものだと判断された。

一部の患者は頭部を損傷した後、精神疾患が出ることがある。幻覚や妄想など。

医師が言うには、監督とは僕が事故にあってから、亡くなった家族に変わり犯人をすぐにでも見つけだそうと思った時に、自分で作り出したもう一つの人格だという。だから監督は復讐したいという性格を持ち、自分が無意識のうちに「ワラビ」という闇の組織を作り上げるまでになっていたのである。

監督のやり方はとても慎重だったため、今までに他の人の前に現れたことはなかったし、呉延岡とのやりとりも、すべてスマホによるものだった。だから、皆は騙されていたことになる。

呉延岡は実はとっくにこうした異常に気づいていた。でも、彼は反論することなく、ただじっと浮木居酒屋で僕と監督が現れる関係を観察していたのだった。

この点は、あの日警察がやってきて、上の階の部屋を探した時に、ようやく気づいたことだった。

僕はその後半年あまりにわたり断続的に通院を続け、こうした症状はもう出なくなった。病院へ通う必要もなくなり、監督の姿も消えたのだ。

でも、「ワラビの部屋」は相変わらず居酒屋の上の階にあり、その噂はネット上でさかんに流れていた。

以前人生の台本を依頼してきた者は、結局現れなかった。

しばらく静かにしていて、僕はまた一人で「ワラビの部屋」へやってきた。

室内は明かりがなく、あのアンティーク調のテーブルと木の椅子が置いてあるだけで、一つぽつんと部屋の中央に置いてある。

僕は一人で考えていた。しばらく立ち上がってから、暗闇の中でテーブルの前で腰掛けた。

数秒してから、やはり手を伸ばしてスタンドのチェーンを下に引っ張ってみた。

明かりは黄色く、怪しげな緑色ではなかった。

「ここのすべて嘘だったのだろうか。幻想だったのだろうか？」僕はぶつぶつと独り言を言った。

そしてちょうどテーブルに手をかけて立ち上がろうとした時……

神秘的で奇妙な感じが、感電したかのようにテーブルから伝わってきた。頭の中では一人の声が、まるで僕に話しかけているかのようだった。

「話して。どうやって自分の人生を変えるのか？」

その声はとてもはっきりしていて、どこから聞こえたのだろうか。でも僕にはわかっていた。それは自分自身の声だと。

僕は数秒あぜんとしてしまい、笑いがこみあげてきた。

「ありがとう。ちょっと休憩していただけだから。もし都合がよければ、もう少し勇気をください。自分一人で自分の人生に立ち向うことができるように」僕はテーブルを見つめながら言った。

「……」

頭の中では急に音が消えた。でもネオンの光がついたり消えたりしていて、まるで自分に返事をしているかのようだ。

「ポン！」僕のスマホのアプリが突然新着メッセージを知らせた。タップしてみると、スマホで撮った動画だった。

美しい女性が舞台の上で、必死に脇役に徹している。

僕は思い出した。昨夜は劉筱漁《リウシアオユー》が舞台に戻った最初の公演日だったのだ。

僕が「ワラビ」の監督を務めた後、呉延岡は以前の依頼者が持ってきた現金をすべて見せてくれた。これを見ると、闇の組織が過去に稼ぎ出した金額は少なくない。

そこで現金の一部は劉筱漁の借金返済にあて、取り立て地獄から助け出してあげた。

彼女がまた大好きな舞台に戻ったことを知った時は、心があたたかくなった。

そしてちょうど返信を打とうとした時、プールの方で歓声が響いた。

「出てきた！」

「彼女だ、彼女」

「雨琦、頑張れ！」僕は隣にいる何人かと喉が裂けるほど大声で応援した。

林雨琦はスタッフの協力で、まず水の中に潜った。

会場全体で応援の響きがこだました。

「水の中のスピードとトラックのスピードは同じ!!」小絵は応援ボードを掲げて、力の限り声を張りあげた。

「頑張れ！」

僕の言葉は口元で響き、自分が意外にも感動して泣いてしまっているのに気づいた。僕の隣にいる阿識も頬は涙でいっぱいだった。力を入れてげんこつを握り応援している。

僕たちだけではなく、会場の全員が、選手たちを鼓舞していた。

プールに響き渡る大声は、直接自分たちが愛する人へと届き、次に奮闘する力となる。

「用意！」

「5、4、3、2、1！」

レーンにしぶきが上がった。

試合が始まった！

僕は目をそらして、スマホに入力した「頑張れ！　全力で人生にむかえば、絶対に失望させないから」

皆の歓声があがる中で、またレーンに目をやった。

僕は林雨琦が全力で泳ぐ姿を見ながら、輝く流れ星がゴールにむかって突き進んでいるように思えた。

これは彼女の復帰戦だった。

遠くのところで、劉筱漁も全力で自分の人生に立ち向かっていた。

番外編　巨人の悩み

広々とした庭園の中庭では、夜になると着飾った男女がたくさん集まってきた。黄色い蛍光灯がぶら下げられ、それはまるで星のように輝いている。

パーティー会場に三十分ほど居合わせただけで、各地から来た政治家や経済界での著名人、極道などの顔を周囲に見かけることができた。僕はまるで半日以上の時間を過ごしたかのような気がした。

これは今晩の仕事での最後であったけれど、小絵《シアオフイ》や凱文《カイウェン》が出す次のサインがなかなか出てこなくて、僕は少し焦っていた。

「監督」がいなくなってから、僕はおよそ一年の間その姿を見かけることはなかった。でも、「監督」が一手に作りあげてきたワラビという、闇の組織によるさまざまな水面下での行動は、都市の片隅から消えることはなかった。ワラビのメンバーはこれまでのように浮木《フームー》居酒屋を根城にして、依頼者がやって来た時には、静かにさまざまな非合法的サービスを提供するのであった。「監督」は僕のもう一つの隠された人格であったことから、それが消え去った後も、当然のように僕が監督の仕事を引き受けるようになったのだ。

でも、なぜか「ワラビの部屋」に行き人生を変えようとする依頼人は大幅に減ってしまった。過去の案件を振り返り、僕がわざとこの不思議な小部屋に頼ることがなくなったからかもしれない。

インターネット上では、噂さえも流れていた。人生を変えることのできるこの小部屋は、店側が話題作りのためにやり始めたものだというような噂だ。そのため、好奇心から相談に訪れる人もだいぶ少なくなっていた。

幸いにも、これまでにワラビが稼ぎ出してきた金額は活動を進めるうえでの出費をまかなうことができたので、組織自体に大きな変化はなかった。

「呉延岡《ウーイエンガン》のやつ、前には自分から行動に加わることなんてなかったのに。今じゃあ本当に頻繁なんだから」

僕はスーツを着飾った来客の集団を避けながら、ステージ近くで音響スタッフに変装して紛れている呉延岡のことをちらりと見た。以前、彼は依頼人の人生に過度に介入しないという信念で、余計なことをすることは避けていたけれど、でも今回は、ワラビのプロデューサーがなんと自分からこの計画に入り込んできたのであった。

先週、もともと口数の多くはない呉延岡が突然僕に声をかけてきて、依頼の案件があがってきたことを教えてくれた。

「今回の案件は、手紙を渡すのを手伝うこと」呉延岡は真っ白な調理用帽子を取り、下のほうで腕を下げたまま一通の手紙を僕に押し出した。

「手紙？」僕は訝しげに受け取り、好奇心から言った。「手紙だったら郵便局でしょ。僕に何しろと？」

「もちろん、ふつうの手紙じゃないんだ。絶対に内密に進めなくてはいけないような手紙」

呉延岡の表情は相変わらず冷静だった。

もともと、この手紙は来月結婚式をあげる女性に手渡すものだった。差出人の名前はない。ただ宛名があるだけ――小涵《シアオハン》へ。

呉延岡の話によれば、この小涵という女性はまもなく台湾北部の極道二代目に嫁ぐことになっていた。小涵のことが忘れられない元カレは、些細なことで別れたものの、どうしても納得できなくて、彼女のそばには近づけなかった。でも、どのように自分の最後の気持ちを伝えればよいのかわからず、ワラビを頼ってきたのであった。

「この依頼者にとって、弁解できるのはたぶん最後のチャンスになるんじゃないかな」呉延岡は真剣になってそう言った。

そして呉延岡は続けて話した。来週ちょうど結婚式前夜のバチェラーパーティーがあるから、人出が見込まれる。その機会に新婦さんに近づいて手紙を渡すには絶好のチャンスだと。そのため監督兼脚本担当の僕に、なるべく早く細かい行動計画を立てるように言ったのだった。

「そんなにすぐ⁉ 代金はもらったの？ ヤクザもいるんだし、そんなに簡単に済む話じゃないように思うけど。ねえ！ 聞いてるの……」呉延岡はぐずぐずして僕には答えず、なぜかまた厨房の方へ戻ってしまった。

僕はため息をつきながら、手紙をコートのポケットに押し込んだ。


実行日の前夜になって、僕と小絵は計画の細部をようやく詰めることができた。計画では、凱文がパーティー会場のウエイター役になりすまし、わざとカクテルを小涵のスカートにこぼしてしまうことになった。そして小絵が会場のアシスタントスタッフとして、すぐに小涵をＶＩＰ休憩室に連れて行き着替えをさせるのだ。

もともと僕は依頼人が先に休憩室で待っているのかどうか確認しようとしていた。新婦さんが一人になれる絶好の機会だから。でも、呉延岡にはきっぱりと断られてしまった。依頼人は何かと顔を出したくはないらしい。

行動計画の中で、僕は最後に出て行き、依頼人の手紙を小涵に手渡すことになっていた。いろいろと考えた挙げ句、会場のアシスタントマネージャーに扮することにした。手紙の中に今回のパーティーでの詫び状と次回の優待券を混ぜるのに都合がいいように。

パーティーが始まった後で、僕は凱文が予定されていたとおりに、こっそりと新婦さんの背後に現れて、こちらを向いて頷くのが見えた。

サインが出たな。僕は心の中で呟いた。

「ガチャン！」透明のグラスが空中できれいな弧を描きながら、カクテルが真っ白なスカートの縁に落ちていった。

続けて小絵が出てくる番だ……

でも、想定外なことに会場にいた殺気立った連中が、真っ先に凱文のところに詰め寄り彼を押し倒し、殴りかかろうとするところだった。

凱文は猜疑心いっぱいの目でこちらを見つめ、次はどうするのかと聞いているようでもある。力づくで張り合うのなら、凱文も問題ないけれど、それでは収拾がつかなくなる。

「申し訳ございません、申し訳ございません……私どもの不注意です。いま係の者に片付けさせますので」僕は急いで走っていき詫びた。そして隣にいた小絵に休憩室へと連れて行ってもらうことにした。

「てめえ、責任者か?」

昔流行したようなサングラスをかけた中年ヤクザが、小涵と僕の前に立ちはだかった。

「はい。本当に申し訳ございません……」

「マネージャーさんよ、今日はどんな日か知ってるのかよ」

サングラスのヤクザはわざと挑発的になった。

「もちろん知っております。申し訳ございません、申し訳ございません。私どもの不注意で……」

「こいつはバイトだろ? 研修も受けさせずに働かせて、こんな若造に仕事させるのかよ。おいおい、マネージャーさん。おまえ、本当に今日の主催者が誰なのか知ってるのか?」

周囲には人だかりがますます多くなり、殴り合いになっても不思議ではなかった。

小絵が機転を利かせて、とっくに新婦の小涵を先に移動させ、彼女は角を曲がったところにある休憩室へと連れて行った。

でも、肝心な手紙は、いま僕の手元にある。しかも凱文はヤクザたちに囲まれていて、どうすればいいのだろう？

「ほら、ここは任せて……」

もう一人の声が背後から静かに聞こえた。

呉延岡だ。彼は会場スタッフの制服ベストを着て、混乱に乗じて近づいてきたのだ。

僕は急いで胸元から依頼人の手紙を抜き出し、後ろのほうに放り投げた。

一瞬のうちに、すぐに手紙を持って行き、目の前にいるサングラスのヤクザには気づかれていないようだ。

まなじりで見てみると、呉延岡の足取りは心持ちためらいがあるように見えた。でも最後は頭をかきながら、小絵と小涵の背中を追って、向かいの休憩室へと消えていった。

「これからどうする？」凱文は拳を振り上げ、目の前のヤクザと大乱闘を始めるところだった。

「どうするって何が？　撤収だよ」僕は突然そう言うと、力を抜きながら、凱文の肩を軽く叩いた。「大丈夫」

先ほどまで殺気立っていたサングラスのヤクザは僕がこう言うのを聞くと、急に笑い出して、サングラスを取った。

「この野郎、もう少しで大恥をかくところだった」サングラスのヤクザは顔を出し、大笑いした。

王福芢《ワンフーレン》だった。

「おじさん！」凱文は驚いて声を上げた。このヤクザ、自分が馴染みのある人が扮しているとは全然思いつかなかった。

「ほら、みなさん、もう大丈夫。何でもないです」王福茫は周囲に手を振った。彼はもともと極道とも繋がりが深かったので、彼が一言こう言えば、周りのものはたいしたことではないとわかって、一斉に散っていった。会場はまた元の騒がしいおしゃべりと音楽に戻っていった。

「いったいどうなってるの？」凱文は思わず聞いた。

「自分たちの脚本係に聞きなよ」王福茫はうれしそうに笑うと、また群衆のなかに戻っていきおしゃべりを始めた。

人がいなくなるのを見計らって、僕はすぐに凱文を引っ張り、庭園のパーティー会場の角を曲がり、視線は向かい側の休憩室を見ていた。ドアの外には小絵が立ち、呉延岡と新婦さんの姿は見えなかった。

「ねえ、凱文。延岡の様子がおかしいと思わない？　いつもは行動に参加することなんてないのに」僕は言った。

「そうだね。てっきり心配なのかと思ってた。それでついてきて……」

「この手紙を手渡すだけなのに、どこがそんなに不安なの」僕は頭を振りながら笑った。「知ってる？　自分の経験から言うとワラビに助けを求めに来る人で、ふつう一番不安なのは、依頼人自身だってこと」

凱文はそれを聞くと、驚いて僕に向かって言った。「それって、つまり……」

「今回の案件の依頼人は呉延岡だから、あの新婦さんは延岡が忘れることのできなかったガールフレンドってこと」

凱文が目を大きく見開いたので、僕は彼にむかって驚いたような笑顔を送った。

「あんなに背が高くて、言葉数は少ないけど、本当は心のなかの思いをどう伝えればいいのかわからないいんだから！」

「だからとっくに知ってたわけ？　おじさんともグルになって！」

「はは……僕たちは彼の手伝いをしたってだけ。根本的なところは変えるなら、やっぱり自分自身でやらないと。僕たちができるのは、わずかなことだけだから」

そう言い終わると、前には全然気にかけなかったけれど、消えた監督も、同じようなことを言っていたような気がしたのだった。

訳者あとがき

明田川聡士

人はどうして自分の人生をやり直そうと思いたがるのだろうか。本書で物語の主人公は病院のクリニックマネージャーを務める「僕」であり、退勤後に足を向けるのが、台北の繁華街である西門町の路地に店をかまえる日本風居酒屋だ。居酒屋の店内では他人の人生の書き直しが行われていて、自分の人生をやり直したいと思う客は主人公たちに新しい人生を書くよう依頼していく。人生の書き換えを指揮するのは怪しげな舞台監督の男であり、物語では一度しかない人生の意義を説きながら、舞台監督の正体を探るミステリーにもなっている。

もともと二〇二〇年春に台北の城邦印書館より出版され、本書の巻末に見られる「番外編　巨人の悩み」を書き加えたバージョンが、二〇二二年夏に台北の奇幻基地出版から刊行された。どちらの出版社も台湾・香港・マレーシアなどで大きく出版事業を展開する台湾の城邦メディアグループ（Cite Publishing Ltd.）の関連企業である。二〇二一年にはタイ語版が翻訳出版され、現在では韓国でも翻訳が進んでいるという。

本書の著者は台湾人作家・林庭毅《リンティンイー》であり、長編小説の第一作目であった。林庭毅は一九八六年に台湾中部の都市・台中に生まれた。大学進学後は医科大学で医療管理を学び、卒業後は大学病院の職員として勤務するかたわら創作活動を行ってきた。現在は創作に専念している。本書でも著者自身による病院での勤務経験が物語の下敷きの一つとなっている。こうした林庭毅の作品には本書のほかに、辣腕の元警察官が連続怪奇殺人の謎を解く『冤伸倶楽部』（二〇二一年）、火山が大爆発した世紀末台湾を背景にした『災難預言事務所』（二〇二三年）などミステリーやファンタジーの要素を強く含む小説が多い。

本書の翻訳にあたり、翻訳の底本には『我在犯罪組織当編劇』（台北市・奇幻基地、二〇二二年）を使用した。物語展開の状況に応じて、標準中国語の発音に相当するルビを振っている。

なお、今回も本書の制作にあたっては、書肆侃侃房の池田雪さんに力強くサポートしていただきました。どうもありがとうございました。

二〇二五年一月　東京

■著者プロフィール
林庭毅（リン・ティンイー／Lin Ting Yi）
1986年、台中生まれ。作家。主な著作に長編小説『災難預言事務所』（台北・奇幻基地出版、2023年）、『冤伸俱楽部』（台北・奇幻基地出版、2022年）、短編小説集『夜夜夜談　BBS marvel板詭異誌』（台北・城邦原創出版、2013年）など。

■訳者プロフィール
明田川聡士（あけたがわ・さとし）
1981年、千葉県生まれ。獨協大学国際教養学部准教授。早稲田大学第一文学部卒業、東京大学大学院人文社会系研究科博士課程修了。博士（文学）。専門分野は華語文学・華語映画。近年の主な著書に『戦後台湾の文学と歴史・社会』（単著、関西学院大学出版会、2022年）、『中国語現代文学案内』（共著、ひつじ書房、2024年）、『越境する中国文学』（共著、東方書店、2018年）、『台湾人的悲哀考　李喬全集43』（共編、新北・客家委員会、2024年）、『被扭曲的臉譜　李喬全集44』（共編、新北・客家委員会、2024年）など。近年の主な翻訳に陳又津『霊界通信』（あるむ、2023年）、劉梓潔『愛しいあなた』（書肆侃侃房、2022年）、黄崇凱『冥王星より遠いところ』（書肆侃侃房、2021年）、李喬『藍彩霞の春』（未知谷、2018年）など。

裏組織の脚本家　我在犯罪組織當編劇

2025年3月22日　第1刷発行

著　者　　林庭毅
翻訳者　　明田川聡士
発行者　　池田雪
発行所　　株式会社 書肆侃侃房（しょしかんかんぼう）
〒810-0041 福岡市中央区大名2-8-18-501
TEL 092-735-2802　FAX 092-735-2792
http://www.kankanbou.com
info@kankanbou.com
編　集　　池田雪
ＤＴＰ　　黒木留実
印刷・製本　シナノ書籍印刷株式会社

ISBN978-4-86385-663-9 C0097